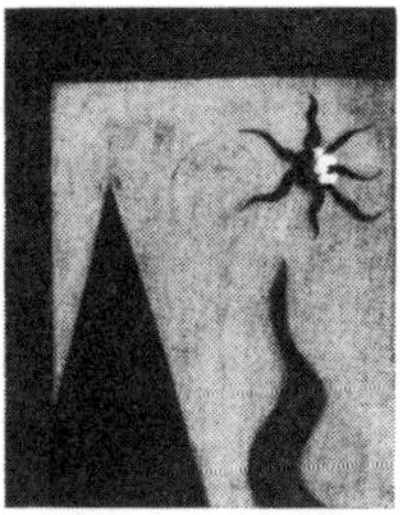

BECK & GLÜCKLER

Der grüne Teppich

Titel der Originalausgaben:
IL TAPPETO VERDE (1941)
und
DIARIO SENTIMENTALE (1956)

Deutsche Erstausgabe
1. Auflage 1991

Holbeinstr. 8, D - 7800 Freiburg
Übersetzung: Linde Birk, Dorothea Detring,
Veronika Knecht
Zusammenstellung und Lektorat: Ragni Maria Gschwend
Umschlagdesign: Book Graphics unter Verwendung des
Bildes *La Vecchia Firenze* von Telemaco Signorini
Satz: Barbara Herrmann, Freiburg
Belichtung: Johannes Schimann, Pfaffenhofen
Druck und Bindung: Freiburger Graphische Betriebe
Printed in Germany

ISBN: 3-924175-79-9

Vasco Pratolini

Der grüne Teppich

Erzählungen

Aus dem Italienischen
von
Linde Birk, Dorothea Detring und
Veronika Knecht

BECK & GLÜCKLER

«Ich war nicht in der Lage, im Namen der Menschheit zu sprechen, ihren gegenwärtigen Schmerz auszudrücken, daher umging ich das Hindernis und fing an, von meinem persönlichen Schmerz zu erzählen.»

(Vasco Pratolini)

DER GRÜNE TEPPICH

1917

Wenn sich die Vision in dem Leben ereignet hat, das wir leben, und die Mama damals noch ihre Schönheit und ihr Schicksal unter den Menschen trug, dann war ich ein blasses, blondes Kind, ein komischer kleiner Page mit Goldschopf und kurzen Samthosen.

Ich erinnere mich nicht an die Augenblicke des zufriedenen Erwachens im Bett der Großmutter; die Mama, in ihrem ehelichen Schlafzimmer, war so weit weg von dem Alkoven. Meine ganze Kindheit liegt in diesem einen Morgen beschlossen.

Wir mußten in den anderen Räumen ganz, ganz leise sein und für den Papa Soldat beten. Vielleicht erklärte ich gerade meinem Wachstuchlätzchen die Schäfer-Szenen auf dem hellblauen Sofa, auf dem ich saß, als die Großmutter das schwarzsilberne Tablett mit den Frühstückstassen hereintrug: Der Dampf der frisch gekochten Milch stieg fröhlich zum Gesicht der Großmutter hinauf. Und als die Großmutter mir auftrug, der

Mama Bescheid zu sagen, rannte ich zum Schlafzimmer und stürmte hinein mit dem Ruf: «Fertig! Raucht!»

Die Mama saß vor dem Frisiertisch, im weißen Unterkleid, die langen schwarzen Haare offen, die sie mit dem Kamm langsam über den Nacken strich. Ich sah sie von hinten, und ihr Gesicht begegnete mir grausam wie das Gesicht eines Erzengels. Ihre Augen starrten mich aus dem Spiegel an, ruhig und böse, erstaunt, grün und schwarz; ihre Hand hielt im Nacken inne. Dieser Blick hatte mich auf der Schwelle zu Eis erstarren lassen, und für Augenblicke, in denen die Zeit stillstand, starrte sie im Spiegel auf mich, mit dem Gewicht eines unüberwindlichen Hasses, mit der Verzweiflung dessen, der vergeblich versucht hat, heftiger zu lieben, als es ihm vergönnt ist.

Ich war unter jenem Blick auf der Schwelle zu Eis erstarrt und richtete meine wer weiß wie unbeweglich und traurig gewordenen Augen dorthin. Und doch, wie sehr sollte ich damals meine Mama erkennen, wie sehr mich als ihr Kind fühlen! Verstimmt warf sie den Kamm auf den Frisiertisch, und ihre Pupillen verdüsterten sich noch mehr vor Haß und vor Mitleid. «Er weint nicht, mein Gott, nicht einmal er kann weinen», sagte sie.

Frühe Erfahrungen

Als ich vier Jahre alt war, wurde die Mama ein zweitesmal schwanger. Der Papa war wegen seiner Kriegsverwundungen in Genesung geschickt worden und litt seit Jahren unter der Trennung von seiner Frau; später erfuhr ich, daß er ihr verzweifelte Briefe schrieb, er wolle sie bei sich haben.

Die Mama nahm den Zug – es war immer noch Krieg – und fuhr zum Papa in eine Klinik weit weg. Nach drei Tagen kam sie mitten in der Nacht wieder nach Hause. Von ihr aus dem Schlaf gerissen, sah ich sie lächeln. «Du bekommst ein Brüderchen», sagte sie zu mir.

Es war eine schwere Schwangerschaft – mit riesigem Bauch schon im fünften Monat. Schließlich kam man zu dem Schluß, daß ich zu Hause im Weg sei, jetzt, wo die Mama nicht mehr arbeiten ging. Ich fand bei einer befreundeten Familie am Stadtrand Unterschlupf.

Diese Familie bestand aus dem Vater, einem Briefträger, und seinen drei Töchtern. Dort löste ich meine Kindheit ein. Der ständige Gedanke an den Krieg, das karge Essen und die Sorge um den Papa, all das, was meine Frauen daheim in Angst leben ließ und meinen Tag trist machte in der feuchten Wohnung, in der dunklen Küche, bei der Großmutter, die lediglich drei Geschichten wußte und den eintönigen Kindervers vom *Pferdchen hopp, hopp, hopp*, wich nun dem Zutrauen in die Felder hinter dem neuen Haus, in die riesigen Brotschnitten, bestrichen mit Öl und Salz, in die wohlige Wärme des Bettes, wo ich zwischen den beiden älteren Mädchen, der Ebe und der Ibe, lag, ich, der nur die knochigen Berührungen mit der Großmutter kannte; die Mama schlief immer allein, mit einem einzigen Kopfkissen in der Mitte des breiten Ehebetts.

Der Krieg trug in mein neues zuhause auf den Feldern keinen Schrecken: Männer, die im Krieg waren, gab es hier nicht, auch keine nahen Verwandten, und die Mädchen zitterten nicht einmal heimlich für jemanden: Sie hatten es entweder nicht rechtzeitig geschafft, sich zu verloben, oder sich nicht genügend verliebt, um eine Erinnerung zu hegen. Rita war die jüngste von den dreien, verblüht, ihr kleiner, schmächtiger Körper beladen von einem wirren Büschel borstiger Haare und ihren erloschenen achtzehn Jahren. (Ich erinnere mich gut an diese drei Mädchen, und es sind die ersten Eindrücke meines inneren Lebens, die durch sie heraufbeschworen werden.)

In den endlosen Mittagsstunden gingen Ebe, Ibe und ich über die Felder. Unten in der Senke kam man zu einem großen Bach, der mit einem Ufer die wenigen Häuser hier draußen streifte und rasch nach Norden weiterfloß: Auf dem hohen Damm, von dem aus es für mich wie in einen Abgrund hinunterging, ließen sich die beiden Mädchen mit Strickzeug und Stickrahmen nieder, und ich zwischen ihnen in ich weiß nicht mehr welche Spiele vertieft. Aber daran erinnere ich mich: wie Ebe mich manchmal um den Leib faßte und mich auf sich kippen ließ und dabei abküßte, daß ich zu kreischen anfing. Dann ließ sie mich los, sagte «Zimperliese», «Heulsuse» und streckte mir die Zunge heraus. Ebe hatte ein rotes Gesicht, das sie unter dicken Puderschichten verbarg, eine schlanke Figur und einen festen Busen, den ich, so wurde später erzählt, morgens gleich nach dem Aufwachen zu malträtieren pflegte, indem ich mich rittlings auf ihren Oberkörper setzte und auf den Brüsten herumpatschte, wie man es auf volkstümlichen Öldrucken sehen kann. Ibe war blond, mit kastanienbraunen Fäden im Haar, die ihr zartes und gemessenes Profil noch schöner erscheinen ließen, und sie war der einzige Mensch, dem gegenüber sich meine Zuneigung weniger widerborstig äußerte. Nachts schlief ich zu ihr gedreht, beim Essen saß ich in einem hohen Kindersitz neben ihrem Stuhl, und an sie wandte ich mich in meinen intimsten Bedürfnissen.

Schön muß das Leben in dem Haus am Stadtrand gewesen sein, bis eines Tages der Samtanzug, den ich bei meiner Ankunft getragen hatte, wieder auftauchte, der weiße Kragen gebügelt und gestärkt, und der Briefträger-Vater mich an die Hand nahm und in die Stadt zurückführte.

Von diesem Augenblick an bin ich zum Bewußtsein erwacht. Das einzige, was ich von anderen weiß und worauf ich mich stützen kann, ist, daß ich fünf Jahre alt war und lange blonde Haare hatte, die mir bis auf die Schultern fielen.

Der Briefträger mit Namen Basilio hatte einen krummen Rücken und eine krächzende Stimme. Er nannte mich nur «Bambino». Oft stellte er mich lange vor sich hin und fragte mich, wie ich hieße und wie meine Mama hieße und wo mein Papa sei und ob ich meinen Pappi und meine Mammi und ihn, den Briefträger, auch liebhätte, und was dergleichen mehr ist.

Daß die Mama sehr krank sei, eröffnete mir Basilio in geheimnisvollem Ton, kaum daß wir in den Flur meines Hauses in der Stadt getreten waren. Im ersten Stock schaute ein Junge heraus, mein Freund, dessen Existenz ich ganz vergessen hatte: «Du, Enrico», sagte er, «weißt du schon, daß deine Mama stirbt?» Und man konnte, nehme ich an, heraushören, daß ihn das ärgerte, weil es beim Spielen störte. «Man darf keinen Lärm machen.» Doch sogleich erschien seine Mutter unter der Tür und verpaßte ihm eine Ohrfeige: «Sei still»; und zu mir: «Wie geht's dir, Enrico?» Und indem sie den Blick zu meinem Begleiter hob, sagte sie: «Das arme Kind.»

Ich muß sehr verwirrt gewesen sein, weil ich nichts antwortete, vielmehr scheine ich meinen Begleiter, der stehengeblieben war, an der Hand gezogen zu haben, damit wir weitergingen. Ich sehe noch meinen alten Mann seufzend den hochroten Kopf wiegen, während die Frau, die ihrem Kind die Schwelle versperrte, hinzusetzte: «Schlimm, oh, sehr schlimm» und ihrerseits den Kopf schüttelte. Aber da befanden wir uns bereits auf dem Weg in den zweiten Stock, wo ich wohnte.

Überrascht entdeckte ich nach und nach Gesichter von Verwandten, die meine Abwesenheit in weite Ferne gerückt hatte. «Enrico ist da», hörte ich sagen, «das Kind ist da.» Aus dem Zimmer der Mama kam mir die Großmutter weinend entgegen, und auch ich fing an zu weinen, nachdem ich so einen Anlaß gefunden hatte, meiner Bestürzung nachzugeben. Man setzte mich auf das Sofa im Wohnzimmer, unter die große, sechseckige Lampe, gab mir etwas Marsala und sagte: «Komm, sei brav, Enrico, sei ein braves Kind.»

Die Großmutter, glaube ich, war weggegangen und eine Tante bei mir geblieben, die ich allmählich wiederzuerkennen begann: eine große, blonde Tante mit braungebranntem Gesicht. Sie hatte sich neben mich, der ich auf dem Sofa saß, hingekniet und sagte mir die Namen ihrer Kinder, meiner Vettern und Kusinen, her. Auch die Gesichter dieser Kinder tauchten wieder in meiner Erinnerung auf, und ich fragte, wo sie seien und was sie machten. «Nachher gehen wir zu ihnen», sagte die blonde Tante, «jetzt gehst du zur Mama, aber du darfst nicht weinen. Paolo hat ein schönes Schaukelpferd, auf dem läßt er dich dann reiten.»

Ich ging also zur kranken Mama, wie um die Gegenleistung für das versprochene Glück des Spielzeugs zu erbringen, das mir der Vetter leihen würde. Es hatte keine Liebe gegeben zwischen der Mama und ihrem Kind. Sie überließ mich der Großmutter, wenn sie zur Arbeit ging, in eine Werkstatt, in der sie «Meisterin» war, wie man zu Hause sagte. Der Papa war, in meiner Erinnerung, immer im Krieg gewesen; ich kannte ihn von den Fotografien und glaubte so, mich an ihn zu erinnern. Am Abend kam die Mama spät von der Arbeit, und dann sagte sie zu mir: «Na, Kleiner, wie geht's?» Und danach: «Jetzt mußt du aber schlafen», und dabei übergab sie mich der Großmutter, die mich ins Bett brachte. Nur sonntags gingen wir manchmal spazieren, die Mama, die Großmutter und ich; doch es war, als ob ich für die Mama etwas sei, das sie eben ertragen müsse. Von ihr finde ich – bis zu dem Tag vor ihrem Tod – nur jenen Kuß und jenes Lächeln wieder, mit denen sie mir mein Brüderchen ankündigte, als ob die Schwangerschaft, auf die sie Anspruch erhob, noch ehe sie darüber Gewißheit hatte, eine Rache an mir darstellte. «Und doch hatte sie dich gern», sagte die Großmutter einmal, als sie glaubte, daß ich groß genug sei, es zu verstehen. Aber niemand wird mir je sagen können, worin die Zuneigung der Mama zu mir bestand. Oder mir etwa den Groll erklären können, den ich selbst gegenüber jenen Menschen hege, die ich am meisten liebe, aus Wut, mich zu kleinen, demonstrativen Gesten verurteilt zu sehen, die mir im Herzen unerträglich sind. «Doch, sie hatte dich gern. Denk nur an den Tag vor ihrem Tod. Da gingst du zu ihr hin...»

Ich ging zum Bett der Mama. Zwei Krankenschwestern, schweigend und unbekannt, waren da, und auch die Großmutter, die sich über die Mama beugte und sagte: «Da ist Enrico, der Junge.» Und die blonde Tante, die mich von hinten schubste: «Sag der Mama guten Tag, Enrico.»

Die Mama lag da, den Kopf nur leicht von den Kissen gehoben. Sie war ganz mager, leichenblaß; auch die Lippen waren blaß. Lebendig waren nur die Augen, die mich anstarrten, daß ich Angst bekam. Ich wandte das Gesicht zur blonden Tante und fing wieder an zu weinen. Alle bemühten sich, mich zu beruhigen: die Frauen, die ich nicht kannte, die Großmutter, die blonde Tante; und dann die müde Stimme der Mama: «Komm, Enrico», sagte sie. «Hab keine Angst vor deiner Mama.»

Die blonde Tante hob mich aufs Bett, so daß ich mit dem Gesicht ganz nahe am Gesicht der Mama war. (Es ist die Großmutter, die mir die Erinnerung geborgt hat, ich war zu verängstigt, oder vielleicht auch zu klein, um die Einzelheiten zu behalten.) Es scheint, daß die Mama mich zuerst streichelte, wobei sie die hageren, blauen Hände (durch den Blutverlust bei der unglücklichen Entbindung waren die Venen stark hervorgetreten) hob. Dann sagte sie, man solle mich noch näher zu ihr hinhalten, und bat mich, ihr einen Kuß zu geben.

Ich weinte nicht mehr, daran glaube ich mich zu erinnern, sondern starrte die Mama nun meinerseits an, mit immer weniger Furcht – vielleicht dachte ich an Paolos Schaukelpferd, vielleicht kehrte mir auch der angenehme Geschmack des Marsala auf die Zunge zurück.

«Wie schlecht er aussieht», sagte die Mama, während sie mich streichelte. Und nach einer langen Pause, in der alles reglos verharrte, fragte sie mich: «Bist du gern da dort?»

«Enrico, gib der Mama Antwort», flüsterte mir die blonde Tante zu, «sag ja, Mama, ja.» Aber die Großmutter meinte: «Jetzt ist es genug», und trat hinzu, um mich der Mama wegzunehmen.

«Nein, nein», sagte die Mama, und sie ließ mich betrübt los. «Wie schlecht er aussieht, wie schlecht er aussieht», wiederholte sie. Dann hob sie noch einmal die Arme, wieder ohne sich aufzurichten, und schloß ihre Hände um meine Kehle. Und dabei sagte sie, nach wie vor ruhig und deutlich: «Ich bring' ihn um. Ich lass' ihn keiner andern Frau.»

Die Krankenschwestern stürzten zum Bett, ebenso die Großmutter; die blonde Tante löste gewaltsam die Hände, die kalt und nervös meine Kehle umschlossen und mich zum Weinen brachten, aber ohne daß sie mir weh getan hätten, so wenig Kraft war in ihnen.

Die Wohnung des Achtjährigen betrat man durch einen Korridor, der um die Zimmer herum in die Küche führte. Das Fenster der Küche ging auf einen Garten, der von den hohen Mauern der Häuser umschlossen war.

Mein Papa war Kellner. Die Stiefmutter arbeitete als Schneiderin.

Im Garten sah man Diener im gestreiften Kittel und Dienstmädchen mit weißem Schürzchen, die zu einer alten Dame und drei Hunden gehörten. Und an den Fenstern der Häuser sah man Kinder, die mit sehnsüchtigen Augen in den Garten schauten. Ich war eines von diesen Kindern. Aber die anderen waren nicht meine Freunde. In dem Mietshaus, in dem ich wohnte, gab es keine Kinder – es waren alles Kinder aus den Nachbarhäusern.

Auf den Garten ging auch das große Zimmer vom Papa und der Stiefmutter. Ich schlief in dem Winkel, den der Korridor auf seinem gewundenen Weg vom Eingang zur Küche bildete. Ich kam immer erst abends nach Hause, gebracht von der Großmutter, die mich im Hausflur verließ, wie es in der Verwandtschaft nach dem Tod der Mama ausgemacht worden war. Die Stiefmutter empfing mich mit den Worten: «Guten Abend, das Herrchen.» Und sie fragte mich: «Hast du bei der Großmutter gegessen? Hast du noch Hunger?» Manchmal küßte sie mich etwas feucht auf den Mund. «Warum magst du mich nicht?» sagte sie. Und sie half mir beim Ausziehen, belustigt über meine Geniertheit. Dann ging sie weg und nahm das Licht der Kerze mit – und mit ihm verließ mich der Mut, allein zu bleiben.

Ich erinnere mich, daß es mir in den ersten Stunden tatsächlich gelang zu schlafen: zur Wand gedreht, an der das Feldbett stand, damit ich nicht auf die Gespenster achten mußte; doch dann überfielen mich häßliche Träume, aus denen ich verängstigt erwachte, mit dem Verlangen zu urinieren. «Steh auf, zum Klo ist es nicht weit», hieß es immer.

Aber zum Klo ging es durch die Küche, eine Wanderung im Dunkeln, unter den Gespenstern. Ich verhielt den Drang zu urinieren, wiederum von Träumen geängstigt. Da fingen die «Geister» an, es mit mir zu treiben, und brachten mich mit ihren dumpfen Geräuschen so weit, daß ich voll Entsetzen unter der Decke schluchzte. Die Mauer meiner Angst grenzte ans Treppenhaus, und durch diese Mauer hindurch suchte ich die spärliche Gesellschaft der Bewohner, die sich beim Heimkommen über die merkwürdigsten Dinge unterhielten.

Der Papa kam in der Nacht nach Hause. Er trat an mein Feldbett, um die Decken in Ordnung zu bringen: «Der Junge schläft schlecht», sagte er. «Er ist unruhig.» Er stellte den Kerzenleuchter auf den Stuhl, auf dem meine Kleider lagen. Und die Stiefmutter antwortete von ihrem Bett hinter der Geisterwand, im großen Zimmer: «Immer nur bei der Großmutter. Bei der Alten kommt er noch ganz herunter.» Der Papa ging in die Küche, wo die Gespenster still geworden waren, und machte sich daran, die Schaben zu töten, die sich auf dem Fußboden tummelten: Er zerquetschte sie mit dem Besen. Bis es schließlich wieder dunkel wurde in der Küche, im Korridor, und die Gespenster in mein verzweifeltes Hirn zurückkehrten. Von der Geisterwand her, im großen Zimmer, hob ein lautes Gespräch zwischen dem Papa und der Stiefmutter an. Zuerst berichtete sie mit schlaftrunkener, heiserer Stimme von ihrem Tag. Der Papa füllte die Lücken ihres müden Erzählens, indem er über die Schmerzen von den Kriegsverletzungen jammerte, sich räusperte und auf den Boden spuckte. Wenn er ausspuckte und räuspernd nach dem Schleim in den Bronchien suchte, fragte die Stiefmutter: «Was ist denn? Hast du Kröten im Hals?» Sobald ihre Stimme dann seltener an meine Ohren drang, fing der Papa an, von seinem Arbeitstag zu berichten, und wenn von der Frau kein Zeichen des Interesses kam und er im Zweifel war, ob sie ihm überhaupt zuhörte, fragte er: «Schläfst du?» «Nein», sagte die Stiefmutter. «Und dann?»

Diese wechselseitige Anteilnahme erregte meine Neugier, diente als Schild gegen die Angst vor den Geistern. An die beiden Stimmen und an den Drang zu urinieren klammerte sich meine Hoffnung gegen die Gespenster, die von der Küche aus an der Wand zum großen Zimmer ihr Unwesen trieben.

Der Papa und seine Frau unterhielten sich bis zum Morgengrauen. «Es wird Tag, laß uns schlafen», sagte die Frau. Aber wiederum war es ihre schlaftrunkene Stimme, die durch die Geisterwand zu mir drang. «Schläfst du?» fragte sie. «Ich bin müde», sagte der Papa. «Ja, schlaf nur», erwiderte die Frau, «ich bin auch müde.»

Ich wartete darauf, sie miteinander keuchen

zu hören, wie es mir zur Gewohnheit geworden war. Wieder war es die Stiefmutter, die redete: «Verdammtes Bett.»

In die Küche fiel das erste Morgenlicht, tastete sich langsam den Korridor hinauf, auf mein Feldbett zu, und schlug die Gespenster in die Flucht. Die Stimmen, die Geräusche im großen Zimmer verloren sich mit dem Licht, dem Klang der Glocken, dem Nachlassen meiner Angst. Ich habe nie gehört, wie der Papa und die Stiefmutter sich einen guten Schlaf wünschten: Langsam verloschen ihr Keuchen und ihre Gegenwart.

Ich stand auf, lief barfuß durch den Korridor, durch die Küche, wo die letzten Schaben vom Licht verwirrt umherirrten: Ich ging aufs Klo. Meistens trat ich auf dem Rückweg – wenn es Frühling, lieber noch, wenn es Sommer war – ans Küchenfenster, und ich war ganz allein mit den Kirchenglocken, dem Garten und dem Morgenlicht auf den Häusern.

Da passierte es dann, daß die Stiefmutter erschien: aufgelöst, barfuß, in einem kurzen, an den Schultern ausgeschnittenen Hemd, das knapp über die Schenkel reichte und um die Rundungen spannte, die großen Brüste zusammengezwängt, das Gesicht vom Licht verstört. Bei meinem Anblick sagte sie: «Weg da! Es kommt noch so weit, daß wir uns nicht mehr frei bewegen können» – und sie verschwand im Klo. «Nicht einmal in der eigenen Wohnung kann man sich frei bewegen», wiederholte sie, die unschicklichen Geräusche übertönend, «immer stolpert man über den Jungen.» Schließlich drang an mein Feldbett nur noch ein fernes Spülgeräusch.

Wieder war es dann die Stiefmutter, die mich schüttelte und mir auftrug, fürs Frühstück einzukaufen. Aus dem jähen Erwachen prallten meine Augen auf ihr volles, blühendes, freundlich dreinschauendes Gesicht mit den kleinen Ohren, die unter den von Klammern gehaltenen und gewikkelten Haaren freilagen. Für gewöhnlich trug die Stiefmutter einen orangefarbenen Morgenmantel, über dem Busen weit offen, so daß man die tiefe Furche zwischen den Brüsten sah.

In der Eile, mich anzukleiden und zum Milchladen zu laufen, vergaß ich oft das Waschen. Aber ich flüchtete mich gern in diesen Dienst. Danach die Schule, der Nachmittag bei den Großeltern; ich löste mich vom Alptraum der väterlichen Wohnung – bis zum Abend, wenn ich dorthin zurückkehrte, gebracht von der Großmutter, die mich im Hausflur verließ, wie es in der Verwandtschaft ausgemacht worden war nach dem Tod der Mama und der neuen Heirat des Papa mit der fetten, freundlich dreinschauenden Stiefmutter, die mich jedesmal mit den Worten empfing: «Guten Abend, das Herrchen.»

Die Hand

Die ersten Jahre meiner Kindheit habe ich gelebt, indem ich meine Rechte in die Hand der Großmutter legte. Eine dürre und kalte Hand, die die nach innen gerundete Fläche meiner verlorenen Rechten umschloß. Der Handrücken weiß und derb, durchzogen von roten Muskelfasern und dicken, schwarzen Venen, die sich über den Puls hinaufzogen bis zur Grenze des Erforschbaren. Am Ringfinger ein kleiner kupferfarbener Reif, vor dem zweiten Glied festgehalten von einem weiteren Ring mit einem glitzernden grünen Steinchen: Ich erinnere mich lebhaft an diese Ringe, die mir in ihrem übermäßigen Anspruch auf meine Gefügigkeit ins Fleisch schnitten.

Von dieser Hand geführt, ging ich die Stufen des Monte alle Croci hinunter, und zum erstenmal sah ich die Armen vor den Klosterpforten. Es ist ein demütigendes Bild für den Knaben, der mir wieder vor Augen steht, wie er nach dem Abgezehrtesten und Zerlumptesten sucht, um ihm eine Münze zu schenken – und die Hand preßte die meine und sagte: «Dem da, der so mager ist, so alt...» Bis zum Fluß, noch über die Brücke mit dem Eisengeländer, drückte die Hand meine Rechte immer wieder, um mir die Gabe ins Gedächtnis zurückzurufen. Hier verliert sich die Erinnerung in der Weite der Wiesen, in der Tiefe des Flusses, in dem die Gräser und die Boote gespiegelt versanken.

Vage und bedrückend ist die andere Erinnerung.

Wiederum die Hand und ich – Hals und Ohren gepudert –, spätnachmittags, in Zeitabständen, die ich nicht mehr angeben kann: winzig in einem langgestreckten, weiten Hausflur mit einer großen quadratischen Laterne, bequeme, endlose Treppen hinauf, zu einer schwarzen, bemalten Tür, hinter der, sobald sie sich öffnete, die drückende Stille plüschbelegter und geheimnisvoller Korridore lauerte. Danach ein großer Raum im Halbdunkel, an dessen Wänden sich riesige Bilder in Goldrahmen aneinanderreihten, die ich nie genau erkennen konnte, die Augen auf meine Schritte gerichtet, in dem spärlichen Licht, auf den weichen Teppichbahnen, beherrscht von der Hand, die sagte: «Benimm dich, benimm dich, benimm dich...» Eingelassen in den großen Saal und nachdem die dienende schwarzweiße Frauengestalt, die uns durch die Korridore geleitet hatte, verschwunden war, rezitierten die Hand und das Kind mit halblauter Stimme: «Buonasera, Signora Contessa», zu einer fernen Glastür gewandt, die auf einen Balkon führte. Schließlich, nachdem wir in großem Bogen einen langen schwarzen Tisch umschritten hatten, tauchte nach und nach in dem vom Balkon hereinfallenden Lichtschimmer das unbewegliche Bild einer alten Dame auf: Sie saß in einem hohen, schwarzen Sessel, den zierlichen, auf dem schwarzen Gewand mit Juwelen übersäten Oberkörper kerzengerade, über dem das Gesicht aus festem, unverbrauchtem Wachs thronte, mit den weißen, wohlgeordneten Haaren. Aus kleinen Spitzenmanschetten schauten die geisterhaften Hände hervor – die eine locker auf die Lehne des Sessels gelegt, die andere auf den nutzlosen schwarzen Stock mit eingelegten Elfenbeinstreifen gestützt – unbeweglich, diese Hände, wie das Gesicht und das unten über den Teppich fließende Gewand. Die ruhige, ausdruckslose Stimme einer müden, schläfrigen Frau ertönte im Umkreis der Erscheinung, doch die Lippen des Wachsgesichts blieben unbewegt, und auch das gehörte zum Geheimnis. Die Stimme sagte: «Willkommen, ihr Lieben.» Ich fand meine Rechte losgelassen und wußte, das war der Augenblick, in dem ich die Knie in Richtung des schwarzen Sessels mit der Reliquie darauf beugen und den Kopf andächtig neigen mußte. Ich höre sie, ich höre sie immer noch, diese Stimme, die gerade so laut war, daß ich sie vernehmen mußte, und heute bleibt mir ganz allein der trostlose Groll, den ihr deutlicher Klang wieder hervorruft. Ich höre, wie die ausdruckslose, schläfrige Stimme sagt: «wie niedlich, wie niedlich...» und mir befiehlt, mich vor das Wachsbild zu setzen, auf einen kahlen und riesigen schwarzen Stuhl, der mich hoch über dem

Boden schweben ließ. Von der Höhe des Stuhls sah ich durch die Balkonvorhänge die großen Quadern eines riesigen Palazzos. Das entfernte Geflüster störte mich nicht in meiner Betrachtung, bis schließlich die dienende schwarzweiße Frauengestalt wieder auftauchte und mir einen kleinen Geldschein reichte. Das war der Augenblick, ein zweitesmal vor der Reliquie in die Knie zu gehen (daß ich mich an die Augen dieser Reliquie nicht erinnere, ist bedeutsam) und den Rückzug anzutreten: durch den Saal, unter weiträumiger Umrundung des schwarzen Tisches, über die plüschbelegten und geheimnisvollen Korridore, die Treppen, den Hausflur, in dem inzwischen die quadratische Laterne brannte und wo mir gewaltsam der kleine Geldschein entrissen wurde, in dessen Besitz ich gerade erst gekommen war. Noch tiefer prägten sich die kleinen Ringe in meine Rechte ein, und die Hand, die entschlossen nach meinen schlaffen Fingern gegriffen hatte, sagte: «Schnell, gehen wir in die Kirche. Eine sehr gütige Dame.»

(Doch wie grausam ist das Gedächtnis! Eine Nacht lang habe ich in meiner Rechten die Hand der Großmutter gehalten, die von mir schied. Und es waren immer noch die bösen kleinen Ringe meiner Kinderzeit daran; das grüne Steinchen hatte sein Licht verloren, es schickte sich ebenfalls an zu sterben. Die Hand «redete» nicht mehr, und vergeblich streichelte ich sie, fuhr mit meinen Fingern die dicken, schwarzen, lebensmüden Venen hinauf: Die dürre und kalte Hand, die mir so vertraut war, bot meinem Herzen die letzte Wärme; und sie verlangte nicht, daß ich sie über die Jahre tröstete, in denen ich ihr abtrünnig geworden war! Die Augen schon geschlossen, sprach die Großmutter noch einmal die Sätze von früher, und noch einmal fragte sie mich mit der Stimme der Mama – deren mich würdig zu erweisen ich nicht verstanden hatte –, in ihrem Namen, schon halluzinierend und mit christlicher Anmaßung: «Wirst du auch ein guter Mensch werden? Wirst du auch ein guter Mensch werden?...» Ich streichelte ihre Hand, als ob wir, endlich für uns und allein, von der Ewigkeit überrascht werden sollten. Als die Hand erkaltete, in einer anderen und verzweifelten Kälte, merkte ich plötzlich, daß mein Herz immer noch schlug.)

Der grüne Teppich

Eines Tages muß die Mama gesagt haben: «Es ist Zeit, daß das Kind zur Schule geht.» Doch die *Zeit* weiß, daß die Mama tot war.

Das Kind hat von dieser Schule das Schwarz der Kittel im Gedächtnis behalten. Nicht an die Kameraden, nicht an die ersten Lesestücke, nicht an mich selbst erinnere ich mich, sondern an das Schwarz der Kittel, an die Kälte jener Jahre ohne die Mama, ohne Feuer zu Haus und in der Schule: die Kälte, aus der die Dinge damals gemacht waren; und ich erkenne meine Gestalt auf dem Umschlagbild des «*Unverstandenen*»* wieder.

Dann an das Tintenfaß, gegen einen schwarzen Kittel geschleudert, an die Anfälle des Kindes, an den Hinauswurf. Aber auch an den angenehmen Klang einer Stimme erinnere ich mich, als ich auf den Knien eines anderen schwarzen Kittels saß, an das große, freundliche Gesicht dieser

* Sentimentales Jugendbuch von Florence Montgomery («*Misunderstood*», 1869)

Stimme. Und an ein Geschenk, ich weiß nicht mehr was für eines, aber ein Geschenk war es: Das schließe ich aus dem Glücksgefühl, das mich ergriff, aus der Mauer, die in der Erinnerung einstürzt und den Weg zur öffentlichen Schule von Santa Croce freigibt, zu den Gesichtern der Kameraden, zur blauen Schulschürze mit dem Namen auf der Brust, zur ersten Freiheit.

Von der unbekannten Zeit bleiben die Fakten: das Institut der Piaristen, die Stimme des Paters Pistelli. Doch die Jahre haben das Geheimnis nicht gelöst, wieso sich das Kind in den ersten Tagen der öffentlichen Schule ein «gut» im Lesen verdienen konnte – das belegt das erhalten gebliebene Zeugnis –, während es doch als Klosterschüler nicht den geringsten Erfolg hatte verbuchen können.

Ich behaupte, daß die Mama nicht tot war. Sie war es, die mich das Buchstabieren lehrte: in der dunklen Wohnung, unter der sechseckigen Lampe, auf dem grünen Flickenteppich, den die Großmutter in ihrer abgrundtiefen Armut wie eine Reliquie hütete.

ERINNERUNGEN ANS HERANWACHSEN

Eine Muschel, das Meer darin zu hören

Als sie ankam, in der Osterwoche, war ich mit den Pfadfindern im Gebirge. Bei meiner Rückkehr sah ich, daß man die Fensterläden im obersten Stock frisch gestrichen und unter der Klingel am Haustor ein Schild mit dem Namen der neuen Mieter angebracht hatte.

«Es sind reiche Leute», sagte die Großmutter zu mir, «aus Oberitalien, ein Ingenieur mit seiner Frau und einem kleinen Mädchen. Ein süßes Ding.»

Am nächsten Tag entdeckte ich sie am Fenster, das genau über dem meinen lag; sie tat so, als bemerkte sie erst bei meinem Gruß, daß ich zu ihr hinaufschaute.

«Du stehst hier, wo man nichts sieht», sagte ich zu ihr, «und dabei hast du oben eine Terrasse...»

«Woher willst du denn das wissen?» fragte sie mich.

«Ich kenne deine Wohnung schon länger als du. Da haben zwei Brüder gewohnt, die waren meine Freunde. Und auf der Terrasse haben wir uns ein Lager gebaut, mit Zelt und Feuer, wie die Indianer.»

So begannen unsere Gespräche von Fenster zu Fenster, die sich über Monate fortsetzten.

«Hast du Gargantua gelesen?»

«Hast du Max Linder* gesehen?»

Aber dann wurde sie von ihrer Mutter gerufen oder vom Dienstmädchen, irgend jemand rief sie immer. Ich blieb stehen, mit dem Rücken gegen das Fenstersims gelehnt, auf dem Schemel, der mich größer machte; sie war verschwunden. Ich vergnügte mich damit, das Stück Himmel zwischen den Lichtdrähten zu betrachten, und die Schwalben, die hin und her flogen: Ihr Gekreisch war der einzige Laut in der tiefen Stille der Straße. Wir beide, sie und ich, wuchsen in dieser Stille auf, während der Zeit, die unsere Freundschaft dauerte.

«Aramis ist der Schwarze Papst.»

«Und Georgette, weißt du wer das ist?»

Plötzlich die Glocken der Badia, von Orsanmichele und schwer, langsam die große Glocke von Santa Maria del Fiore. Ihre Schläge kündigten den Abend an und mit ihm den Milchmann und seinen Wagen, das Pferd mit dem Geschirr voller Glöckchen. Die eisenbereiften Räder ließen die Mauern erdröhnen. Eines Abends im Juni, im Juni des Jahres 1923, wir bereiteten uns auf den Übertritt von der vierten Klasse Volksschule in die erste Klasse Gymnasium vor, die ich wahrscheinlich nie

---

* Berühmter Filmkomiker

besuchen würde, kam sie ans Fenster; es war schon dunkel, unsere Schatten zeichneten sich in dem auf die gegenüberliegende Mauer geworfenen Lichtviereck ab.

«Ich bin allein zu Hause», sagte sie. «Jetzt hole ich das Grammophon und stell' es auf einen Stuhl am Fenster. Kannst du tanzen?» fragte sie mich. «Es geht ganz leicht, es ist ein Walzer, schau, schau mir da drüben zu.»

Ihr Schatten in dem Lichtviereck kam und verschwand.

«Das ist die Lieblingsplatte von meiner Mama», sagte sie.

Dann wollte ihre Mutter meine Großmutter kennenlernen: Sie und ich rannten die Wendeltreppe hinauf, die zur Terrasse auf dem Dach führte. Verschwunden die Lichtung der Indianer, das Feld der Jungenspiele; jetzt zeigte sich die Terrasse friedlich und blumengeschmückt: Töpfe mit Nelken, Geranien, Margeriten entlang der Brüstung, Zitronenbäumchen in den großen Tonkrügen, die in den Ecken standen. Es war, als gäbe es mehr Licht und einen weiteren Horizont von Dächern und Himmel, über dem sich die Spitzen der Türme, der Kampanile und direkt vor uns die Domkuppel erhoben: Der Widerschein ihres Goldes blendete uns fast; wir sahen die Leute, die an die Balustrade traten und sich wie Marionetten, wie Akrobaten bewegten.

«Stimmt es, daß man von da oben den Arno bis zum Meer sehen kann?»

«Keine Ahnung», sagte ich, «ich bin noch nie

da hinaufgestiegen. Ich bin auch noch nie am Meer gewesen.»

Sie trug an diesem Tag ein weißes Kleid, ganz aus Rüschen, mit hellblauen Bändern am Volant und an den Ärmeln; sie deutete eine Walzerdrehung an, ihr Kleid hob sich, und lachend strich sie es wieder zurecht, gebückt, die Hände über den Knien.

«Kannst du wirklich nicht tanzen? Das ist wie Fliegen. Fliegen, möchtest du das? Oder den Meeresgrund erforschen? Aber du hast das Meer ja noch nicht einmal gesehen! Ich habe eine Sammlung von Muscheln in allen Farben, man hört die Ebbe und den Sturm darin, aber die zeige ich nur her, wenn ich jemanden mag. Einstweilen kann ich dir die Kaninchen zeigen, willst du sie sehen?»

Sie redete, ohne je eine Antwort abzuwarten, mit der Herablassung, der Überheblichkeit eines reichen und eitlen kleinen Mädchens, das mich zugleich einschüchterte und anzog und dem ich es gern heimgezahlt hätte. Ich nahm einen kleinen Stein, aus dem Kies, der über die Blumentöpfe gestreut war.

«Schau her», sagte ich zu ihr.

Der Stein flog über die Dächer, verlor sich in der Luft, im Widerschein der Sonne. Sie zuckte mit den Achseln, strich sich mit der Hand den blonden Schopf nach hinten, und schon hatte sie sich über den Kaninchenstall gebeugt und öffnete die Gittertür. Es waren fünf Kaninchen, braune und graue, alle mit einem weißen Fleck unter der Kehle. Sie packte eines am Genick und hob es hoch: Das Tier rührte sich nicht, die Löffel aufgestellt und die Augen weit offen.

«Das ist Georgette», sagte sie. «Und das da ist das Männchen, und das sind ihre Kinder.»

«Und wie heißt das Männchen?»

«Männchen! Warum, soll es vielleicht einen besonderen Namen haben?»

Sie ließ Georgette fallen, die sich rasch in ihr Gefängnis und zu ihrer im hintersten Winkel eng aneinanderkauernden Familie rettete. Und als ob ich meine kühne Tat erst in diesem Augenblick vollbracht hätte, sagte sie:

«Toll wäre es, wenn du zielen könntest.» Sie deutete auf die Dächer vor uns. «Könntest du zum Beispiel mit dem Stein das Mansardenfenster da treffen?»

Es gelang mir, das Fenster war geschlossen, und die Scheibe zerbrach; wir verließen fluchtartig die Terrasse. Sie ging vor mir die Wendeltreppe hinunter, auf der Mitte blieb sie stehen.

«Geh du voraus», sagte sie; und als ich auf ihrer Stufe stand, nahm sie mein Gesicht in die Hände und küßte mich auf den Mund. Und noch ehe ich etwas tun oder sagen konnte, ließ sie mich los und rannte, atemlos, wieder vor mir die Treppe hinunter, bis zum Salon, wo ihre Mutter mit meiner Großmutter über die Arbeiten sprach, die diese bei ihr verrichten sollte. Wenig später, als sie mich an die Tür brachte und während die Frauen sich hinter uns verabschiedeten, sagte sie:

«Ich hab' grüne Augen, ist dir das schon aufgefallen?», wieder mit ihrer lässigen, überheblichen

Miene und jetzt fast mit einer Spur von Ironie, von Spott in der Stimme.

Und am selben Abend – die Zeit zum Abendessen war noch nicht da, aber der Milchmann schon vorbeigekommen, die Straße wieder in ihre Stille zurückgesunken, und die letzten Schwalben kreischten – saß ich an meinem Tisch, über den Giannitrapani* oder den Trabalza* gebeugt, als ihr Körbchen, an der Schnur heruntergelassen, auf der Höhe meines Fenstersimses erschien. Drin lag ein kleines Päckchen: Ich öffnete es und fand eine Muschel. Sie hatte das Körbchen schon wieder hochgezogen und war aus dem Lichtviereck des Fensters verschwunden. Die Muschel war weiß und blau, mit einem perlmuttfarbenen Schimmer; ich hielt sie ans Ohr und hörte das Meer.

---

* Nach den Namen ihrer Verfasser zitierte Schulbücher (Atlas und italienische Grammatik)

Der Viertelliter Milch

Als der Großvater gestorben war – im Mai 1925, in der Morgendämmerung des 1. Mai –, gab es nur noch die Großmutter und mich: Bis es Tag wurde, blieben wir allein bei ihm, der ausgestreckt dalag, mager, schneeweiß wie seine Haare, eingeschlafen. Der Milchmann läutete von der Straße herauf, die Klingel an der Schnur ließ die Räume erzittern, unterbrach mit ihrem fröhlichen Lärm unsere Totenwache. Mir war es, als wachte ich gerade auf; vielleicht hatte ich tatsächlich im Schlaf Stunde um Stunde die Gebete der Großmutter, ihr Schluchzen mit meinem *Ora pro nobis* begleitet.

Sie erhob sich von den Knien, indem sie sich mit einer Hand auf den Boden und mit der anderen auf die Bettkante stützte; der Alte, dessen Körper sich mit der Matratze neigte, schien ihr zu helfen und zuzulächeln.

«Komm», sagte sie zu mir, «hol den Korb, ich geb' dir das Geld, du mußt schließlich etwas frühstücken, du hast schon gestern abend nichts gegessen. Die Milchkanne steht auf dem Spülstein, sie ist sauber.»

Dann sagte sie: «Nimm nur einen Viertelliter, nur für dich, jetzt wo...»

Sie reichte mir die vier Nickelmünzen, die sie noch für einen Augenblick zwischen Daumen und Zeigefinger der Rechten behielt und von beiden Seiten betrachtete.

Die Luft strich kühl über das Fenstersims des Wohnzimmers und ließ mich frösteln. Es war sieben oder acht Uhr morgens, der Schuster hämmerte schon auf den Sohlen herum, die Fenster der gegenüberliegenden Schule waren bereits geöffnet und der Pedell Carrani zündete sich die Pfeife an; sicher kam auch der Kringelverkäufer vorbei, für den der Großvater nun nicht mehr den Korb hinunterlassen würde (‹das geht in einem Aufwaschen mit der Milch vom Milchmann, und die Großmutter laß nur schimpfen›), um mich dann mit einem süßen, zuckerüberzogenen Kringel, noch ofenwarm, auf dem Nachttisch zu überraschen: ‹Aufgewacht, der Carrani hat schon das Tor geöffnet. Wer muß eigentlich in die Schule, du oder ich?›

«Einen Viertelliter», rief ich. «Nur einen Viertelliter.»

«Wieso?» fragte, noch vor dem Milchmann, die Mutter von Arrigo aus dem darunterliegenden Fenster. Sie schob die Korbschnur beiseite, die sie störte, wandte das Gesicht nach oben und fragte noch einmal:

«Wieso? Wie geht's dem Großvater?»

«Er ist...», sagte ich. Und ich brachte das Wort nicht über die Lippen; in diesem Licht, in dieser Luft fühlte ich, daß ‹tot› ein Wort voll Scham war, das man nicht sagen durfte. Ich sagte:

«Heute nacht, um halb vier.»

«Jesus!» rief die Frau. «Und ihr habt uns noch nicht geholt!»

Ein paar Tage später zählte die Großmutter, indem sie sich den Finger anfeuchtete, das Geld, das uns blieb, mit dem Sparbuch sowie den dreihundertfünfzig Lire, die sich der Großvater nach fünfzehn Jahren Küche bei den Piaristen und zwanzig Jahren im Collegio del Sacro Cuore doch noch verdient hatte.

«*Una tantum*»* (jetzt verstehe ich es), sagte der gute Pater Gallina, als er uns, seinerseits etwas beschämt, die Summe aushändigte.

«Wenn Pater Pistelli da wäre», sagte er, «der hätte mehr machen können.»

Und was den Großvater betraf, meinte er:

«Ich, der ich ihn als Lebendigen und nicht als Toten vor Augen habe, konnte nicht mehr für ihn tun, als immer wieder dafür zu sorgen, daß er, trotz seiner Ideen, die Stellung behielt. Auch ich bin nur ein armer Priester. Arm wie ihr, aber verliert den Mut nicht.» Und er fügte hinzu: «Pater Buonaccorsi hat gestern abend den Rosenkranz für ihn beten lassen.»

Dann strich er mir über die Wange und schenkte mir – und es kam mir wie ein Abschied

---

* Amtssprachlicher Ausdruck für «einmalige Zuwendung»

vor – sein Buch, seine *Erinnerungen eines Kaplans*, zum Andenken.

Und jetzt hielt die Großmutter mit aufgestützten Ellbogen das Geld in den beiden Fäusten; ich saß ihr gegenüber und schaute sie an: Vor uns auf dem Tisch das Buch des Pater Gallina sowie das Sparbuch und die blaue, bemalte Vase mit den staubverwelkten Stoffblumen. Die Augen der Großmutter hatten schwarze Ränder, die Lider waren gerötet, sie starrte ins Leere, über meinen Kopf hinweg, und sagte:

«Die zweitausend Lire auf dem Sparbuch werden nicht angerührt. Das ist unser Kapital. Ich gehe wieder in Dienst. Es ist Mai, in einem Monat ist die Schule zu Ende, du wirst dir eine Arbeit suchen... Aber trotzdem weiß ich nicht, wie wir durchkommen sollen.»

Der Umzug

Im April 1926 zogen die Großmutter und ich von der Via de' Magazzini in die Via del Corno. Wir beide waren jetzt ‹allein auf der weiten Welt›, wie sie zu sagen pflegte; und die Häuser in der Via de' Magazzini, mitten im Stadtzentrum, hatten im Lauf der Jahre erheblich an Wert gewonnen, eine Wohnung nach der anderen war verkauft worden. Die, in der wir lebten, hatten ein Geschäftsmann und seine Frau gekauft: Sie kamen aus Turin und brauchten die Wohnung; einstweilen wohnten sie im Hotel. Sie hatten vor, den Fußboden auswechseln und zwischen Eingang und Küche eine Wand für ein Bad hochziehen zu lassen; sie boten eine Abfindung, die die Großmutter ablehnte. Die Kündigungsfrist wurde um drei Monate verlängert. Jetzt fühlten wir uns wie im Belagerungszustand: Die alten Mieter des Hauses waren weggezogen und hatten den neuen Besitzern Platz gemacht (und der anarchistische achtzigjährige Schneider Masi war, mit Gott versöhnt, gerade noch rechtzeitig vor Kummer gestorben). Der

Ingenieur vom ersten Stock beaufsichtigte persönlich die Installation von Strom und Gas und die Modernisierungsarbeiten für die Eigentümergemeinschaft. Wir harrten aus, allein und isoliert, mit unserer Petroleumlampe, dem kleinen Kohleherd und sahen uns im Treppenhaus vorwurfsvollen oder spöttischen Blicken und Drohungen ausgesetzt: Mit unserer Weigerung verhinderten wir, wie weiß ich nicht, den Bau einer modernen Kanalisation. Und halsstarrig erklärte die Großmutter immer wieder in aller Naivität:

«Mein Mann hat die Wohnung schätzen lassen, dann haben die es sich anders überlegt und sie nicht mehr verkaufen wollen. Wenn sie sich jetzt besonnen haben – hier sind die zwölfhundert Lire von der Schätzung.»

«Das war vor dreißig Jahren», sagte man ihr, «jetzt kostet die Wohnung zwanzigtausend. Sie sind als erste gefragt worden und nicht auf das Angebot eingegangen.»

«Habe ich in den dreißig Jahren diese zwanzigtausend Lire vielleicht nicht längst an Miete gezahlt?»

«Sie verlieren die Abfindung, wenn Sie sich der Kündigung widersetzen. Mit der Abfindung können Sie sich eine andere Wohnung leisten, für sich und Ihren Enkel.»

«Uns ist's recht, wo wir sind», erwiderte sie. «Über dreißig Jahre war es mir recht hier, hier habe ich meine Kinder großgezogen und... Im übrigen findet man keine Wohnung für eine Miete, die meinem Geldbeutel entspricht. Mit der Abfindung kann ich sie vielleicht ein, zwei Jahre bezahlen, aber was ist dann? Hier dagegen können sie mich nicht mehr wesentlich steigern. Ich hab' schon die Wohnzimmermöbel verkaufen müssen, um etwas auf der Seite zu haben, für den Notfall.»

«Sehen Sie, sehen Sie?» sagte man ihr. «Praktisch genügt Ihnen ein Leerzimmer mit Küchenbenutzung; und für ein einfaches Zimmer mit Küchenbenutzung reicht die Abfindung mindestens fünf Jahre.»

«Aber immer zusammen mit anderen, ohne meine Freiheit – und weiß Gott wo, in welcher Straße und mit wer weiß was für Leuten. Ich habe über dreißig Jahre hier gewohnt, hier sind meine Kinder geboren und gestorben, hier ist mein Mann gestorben...»

Und jedesmal, inzwischen schon wie ein Refrain, das gerade in seiner Kindlichkeit so gewichtige Argument:

«Und seit dreißig Jahren höre ich vom Palazzo Vecchio die Uhr schlagen.»

So harrten wir aus, mit unserer Petroleumlampe, dem Kohleöfchen und der Klingel zum Ziehen, die zu nichts mehr nutze war. Man hatte am Haustor eine Tafel mit elektrischen Knöpfen montiert, die Türen im Treppenhaus gestrichen, Messingschilder angebracht, das Treppenhaus selbst geweißt, neue Scheiben in die Oberlichte gesetzt. Und unsere Tür mit dem abgewetzten Sockel, dem Pappschildchen, auf das ich in Druckbuchstaben *Casati* geschrieben hatte, dem vom Staub der Zeit bedeckten Gitter war ein

Mißton, eine Beleidigung; bis zu dem Morgen, an dem ich für einen Ausgleich sorgte, indem ich mit Kohle über die Wand im Stiegenhaus fuhr – und der Ingenieur mich dabei erwischte. Zwei Tage später kamen, unter Berufung auf einen richterlichen Beschluß, der den neuen Besitzer dazu ermächtigte, die Maurer in die Wohnung und fingen im Wohnzimmer an, wo sie ein Fenster ausbrachen. Wir mußten das Sofa, den Tisch und die beiden Stühle, die noch darin standen, ins Schlafzimmer schaffen. Und inzwischen waren auch die zweiten drei Monate vergangen. Es war ein eisiger November, hinter den verriegelten Läden hallten die Uhrenschläge des Palazzo Vecchio in einem langen, gespenstischen Echo nach, die Stille der Straße wirkte erschreckend in jenen Nächten, und die Seufzer der Großmutter glichen einem erstickten Todesröcheln: Ich blieb wach, um darauf zu horchen, ein Junge, der in der Angst lebte, der Schlaf könnte sie, sobald sie einschlummern, sobald ihr Klagen verstummen würde, dem Tod ausliefern.

Dann kam der 24. November, und die Gerichtsvollzieher standen vor der Tür: Sie bewilligten uns eine letzte Frist von sechs Tagen, und als die Großmutter sich wiederum weigerte, die Räumungsaufforderung entgegenzunehmen, zogen sie einen von den Reißnägeln heraus und hefteten das Blatt über dem Namensschildchen an die Tür. Die Maurer standen dabei und schauten zu.

«Nehmen Sie mir's nicht übel», sagte einer von

ihnen, «aber ich glaube, Sie sind sich über Ihre Lage nicht ganz im klaren.»

Es war ein Mann um die vierzig, mit dem Tonfall der einfachen Leute; er trug einen kurzgeschnittenen Schnauzbart bis zu den Mundwinkeln, und beim Arbeiten behielt er den Hut auf.

«Sie werden mit Ihrem Bett noch auf der Straße stehen, auf was hoffen Sie denn noch?»

Die Großmutter stand mit dem Rücken ans Fenster gelehnt, ließ den Blick umherschweifen, auf die abgetragene Wand, über den aufgerissenen Fußboden, sie biß sich auf die Unterlippe:

«Ich bin kurz nach meiner Heirat in diese Wohnung gezogen... Das ist nur, weil ich eine alte Frau bin, allein und mit einem Kind.»

«Das ist, weil die das Recht auf ihrer Seite haben», sagte der Maurer. «Haben die gekauft oder nicht?»

«Auch mein Mann hat kaufen wollen...»

«Ja», sagte der Maurer. «Als eins und eins noch zwei war.»

Und er bot sich an, uns behilflich zu sein, er wisse von einem Leerzimmer mit Küchenbenutzung, in einem Haus, wo ein Verwandter von ihm wohne, in der Via del Corno, bei anständigen Leuten.

«Nicht teuer», sagte er. «Die sind nicht aufs Geld aus.»

«So weit weg», sagte die Großmutter.

Der Maurer lächelte:

«Jetzt leben Sie seit so vielen Jahren hier und wissen nicht, wo die Via del Corno ist! Das sind doch nur ein paar Schritte: Man geht die Via de' Gondi hinunter, und schon ist man da.»

«Ach so», rief die Großmutter, «jetzt versteh' ich. Lassen Sie mich darüber nachdenken.»

Am Abend brach sie unvermittelt das Schweigen von Bett zu Bett und sagte zu mir:

«Die Via del Corno ist keine Straße für uns...» Dann fügte sie hinzu: «Man darf die Maurer nicht mehr allein in der Wohnung lassen.»

Aber so weit kam es gar nicht mehr: Nachdem feststand, daß wir ohnehin innerhalb einer Woche ausziehen mußten, wurden die Arbeiten unterbrochen. Am nächsten Tag wollte ich mir die Via del Corno ansehen, so nah und trotzdem auch mir unbekannt: Es war eine kurze, für den Durchgangsverkehr gesperrte Gasse, aber belebt, lärmend, geradezu betäubend im Vergleich zur Via de' Magazzini; es stank nach Pferden, und vor den Fenstern hing die Wäsche. An der Ecke war ein Pissoir, und es kam mir vor, als sei dies der einzige Grund, aus dem man sich hier aufhalten könnte.

Schließlich standen, wie es der Maurer vorausgesagt hatte, unsere Möbel aufgereiht auf dem Gehsteig, und der jüngere der beiden Gerichtsvollzieher, ein Blonder, meinte, wir könnten uns bei ihm bedanken, weil er uns die Kosten für den Möbelpacker erspart habe.

«Es sieht aus, als ob kein Mensch hier wohnen würde», bemerkte er, während wir miteinander den Schrank hinuntertrugen. Und zur Großmutter gewandt, sagte er noch: «Es sind nicht wir, es ist das Gesetz.»

Die Großmutter gab ihm die Hand. Sie hatte noch einmal auf eine Fristverlängerung gehofft (‹wenn wir nicht unterschreiben, wird die Räumung nie rechtskräftig›, predigte sie mir immer wieder), inzwischen aber doch eine Anzahlung in der Via del Corno geleistet. Wir würden uns, ‹wohl oder übel›, an die Straße gewöhnen müssen, nachdem sich uns trotz aller Sucherei in diesen sechs Tagen keine andere und bessere Möglichkeit geboten hatte.

Jetzt kam ich mit einem gemieteten Handkarren zurück, und die beiden Gerichtsvollzieher halfen uns, unsere Sachen aufzuladen.

«Mehr können wir nicht tun», sagte der Blonde, «wir sind sowieso schon zu spät dran» – und sie ließen uns stehen, ganz allein jetzt mitten auf der Via de' Magazzini, mit dem Karren, bepackt mit unseren Sachen, die alle darauf Platz hatten. Die Großmutter hielt die ‹Vergrößerung› der Mama unterm Arm, mit der Bildseite zur Brust gedreht. Sie schien heiter, zu heiter, als daß es hätte echt sein können, keine nassen Augen, keine fahrigen Bewegungen, als ob ihre Angst jetzt, wo der Augenblick da war, verschwunden wäre; nicht einmal ihre Stimme ließ eine ungewöhnliche Regung erkennen. Sie zog an den Stricken, mit denen der Hausrat festgebunden war, um sich zu vergewissern, daß sie hielten, daß nichts fehlte.

«Es ist alles da», sagte sie. «Die beiden Betten, die Wäschetruhe, der Tisch, der Schrank. Wir schaffen es mit einer einzigen Fuhre. Es war gut, daß ich die Ottomane verkauft habe; in dem

Zimmer, das wir jetzt kriegen, hätte sie keinen Platz. Die Stühle legen wir oben drauf, wenn wir fahren, das Bild der Mama, das hab' ich, gut... Und jetzt?»

«Jetzt müssen wir los», sagte ich.

«Ja», meinte sie. «Die Stricke werden halten, wir sind in ein paar Minuten da, das Geld hab' ich in der Tasche, die Kiste mit den Töpfen, ja, die ist auch da... Aber wirst du das schaffen?»

«Die Ladung ist gut verteilt, es geht leicht.»

«Das ist nun unser ganzer Hausstand», sagte sie. «Und wir ziehen in eine Straße... Denk daran: Guten Morgen und guten Abend und sonst nichts, das sind Leute, mit denen wir nichts gemein haben, es ist das Unglück, das uns zu ihnen führt, aber nur für kurz, höchstens für einen Monat. In einem Monat finden wir was Besseres, wenigstens in einer Straße, wie es die unsere so viele Jahre lang war, unter ordentlichen Leuten.»

Es war zehn Uhr vormittags, die Via de' Magazzini still und ausgestorben, mit ihrem Stück Himmel zwischen den Häusern, die Luft ließ einem die Hände steif werden, die wenigen Passanten warfen uns einen Blick zu und gingen weiter, ein Radfahrer klingelte dicht neben unserer Fuhre.

«Ich habe nie verstanden», sagte die Großmutter, «warum hier immer so wenig Leute durchkommen, wo wir doch mitten im Zentrum liegen, an der Ecke zur Via Condotta mit ihrem ständigen Hin und Her.»

«Das liegt daran, daß es eine Innenstraße ist, man muß extra hingehen, man kann keinen Weg abkürzen, findest du nicht? Ein bißchen wie die Via del Corno. Dort ist es nur laut wegen der Stallungen und weil die Leute anders sind, wie du sagst.»

«Ja, die können nicht die Manieren haben wie bei uns, sie leben auf der Straße, gehen hunderterlei Arbeiten nach – und was für welchen. Also, wir haben alles.»

«Ja, wir haben alles», sagte ich, «und wir müssen ja nicht bis ans Ende der Welt.»

«Ja, ja», wiederholte sie. Sie schaute zu den Fenstern hinauf, redete, als ob sie nach einer langen Abwesenheit zurückkehrte. «Da bist du geboren, siehst du? Das offene da, rechts zum Regenrohr hin; es war elf Uhr vormittags, ungefähr so spät wie jetzt... Wir haben unsere beiden Fenster offengelassen... Alle anderen sind zu... natürlich», antwortete sie sich selbst, «es ist ja schon kalt. Mir ist noch gar nicht aufgefallen, daß sie Gardinen angebracht haben. Es ist dunkler in den Zimmern, in dieser Jahreszeit, mit den Gardinen an den Fenstern. Deine Mama wollte das nicht einsehen. ‹Hat vielleicht der Masi welche?› habe ich zu ihr gesagt. ‹Bei seiner Arbeit müßte er im Winter schon um zwei Uhr das Licht anzünden...›»

«Du mußt dich jetzt entschließen», sagte ich zu ihr.

Ich hatte die beiden Stangen gepackt und den Wagen angeschoben, er lief leicht, wie ich es erwartet hatte. Die Großmutter preßte das Porträt an die Brust, sie ging neben mir und drehte sich nicht mehr um, beschleunigte vielmehr ihren

Schritt, bis sie auf der Mitte des Karrens war, und legte die Hand darauf, um die Ladung unter Kontrolle zu halten. So zogen wir aus unserer Straße fort, der neuen entgegen: die Via de' Gondi hinunter, ein kurzes Stück über die Piazza della Signoria, dicht an den Häusern entlang.

Noch ein paar Minuten vorher hatte ich mir überlegt, daß die Via de' Gondi abschüssig sei und ich die Ladung allein nicht würde halten können, so daß es klüger wäre, einen Umweg in Kauf zu nehmen und hinter der Badia vorbei durch die Via del Proconsolo und über die Piazza Sanfirenze zu gehen. Aber dann hatte mich, verwirrt, wie ich schon durch ihre Worte war, das Verhalten der Großmutter vollends abgelenkt. Und es schien, als ob die Via de' Gondi sich urplötzlich, gänzlich unerwartet, vor mir öffne, kaum daß ich um die Ecke gebogen war.

Und schon machte sich die Fuhre selbständig, die Stangen schlugen mir gegen die Handgelenke, ich rutschte, aber ich konnte mich noch an den Stangen festhalten, mit dem Oberkörper über der Kette liegend, die sie miteinander verband; dann folgte eine Art Flug, absurd und dennoch irgendeinem physikalischen Gesetz gehorchend: Die Fuhre zog mich mit sich, aber es gelang mir, sie im Laufen irgendwie aufrecht, im Gleichgewicht, zu halten und sie dann so in Schräglage zu bringen, daß ich in die Via dei Leoni (die wunderbarerweise von Fußgängern, Autos und Straßenbahnen frei war) buchstäblich hineinglitt, und als es schließlich wieder eben ging, versuchte ich auch noch die Kurve in die Via del Corno zu nehmen. Hier blieb der Karren mit dem linken Rad zwischen Sockel und Blech des gewissen Örtchens hängen, riß es um, die Ladung kippte, die Stricke gaben nach, und unsere ganze Armseligkeit ergoß sich auf das Pflaster. Die Leute aus der Via del Corno stürzten herbei, hoben mich auf und stützten mich, der Hufschmied war sofort mit einem Eimer Wasser zur Stelle, eine Frau bahnte sich, ein Handtuch schwenkend, ihren Weg – noch ehe die Großmutter da war und neben mir zusammensank. Irgend jemand kam auf die Idee, die Stühle aufzuheben, die uns beiden jetzt gerade recht kamen, und schon erregte der Unfall Heiterkeit. Unverletzt, aber wie betäubt, nahm ich nur allmählich das große Durcheinander wahr.

«Der Junge hat bloß ein paar Kratzer, und der Alten geht es besser als zuvor», rief eine Stimme nach oben.

«Es sind die neuen Mieter von Carresi.»

«Nichts Ernstes, die sind nur entgleist.»

Und schon war unsere Ladung wieder aufgepackt, mit all dem Kleinkram, der aus den Schrankschubladen gefallen war; schon erklärte die Großmutter, daß die Frau auf der Fotografie ihre Tochter sei, die Mutter des Jungen; schon nahm sie einen Schluck Vinsanto an, um sich von der Aufregung zu erholen. Eine Frau sagte zu ihr:

«Von Ihrem Zimmer aus wird es Ihnen vorkommen, als hätten Sie die Uhr vom Palazzo Vecchio direkt auf dem Nachtkästchen.»

EIN DENKWÜRDIGER TAG

I

Das Spielfeld nahm den halben Platz ein, von der Rückseite des Dante-Denkmals bis zu den Bänken vor der Kirche. Das vordere Tor war durch eine der vier Laternen am Gitter des Denkmals und durch einen Kanaldeckel markiert, das andere bei den Bänken hingegen durch zwei Striche im Kies. Zuerst hatten wir nur einen billigen Stoffball, dann erschien eines Tages Dino, immer einer der ersten und zugleich einer unserer leidenschaftlichsten, auch unserer besten Spieler, mit einem großen Ball aus Zeitungspapier, eher rechteckig als rund, der mit Bindfaden eng zusammengeschnürt war; er hielt aber nur ein paar Tage und löste sich nach und nach in Fetzen auf. Dann war ein bunter Gummiball an der Reihe, den Rossini irgendeinem Jungen im Serristori-Park geklaut hatte, doch der sprang zu hoch und bekam bald ein Loch, als er im Gitter am Denkmal steckenblieb, und schließlich gelang es mir, einen Ball Größe drei zu kaufen, mit «Lunge» und allem Drum und Dran, wobei ich allein weiß, wie ich das geschafft habe. Aber der Ball brachte uns nur Ärger: Er lockte einige Burschen aus der Druckerei Chiari an, die vorher bis zum Sirenenton auf den Bänken herumgelungert hatten – jetzt spielten nur noch sie, sie waren in der Übermacht. So begnügten wir uns lieber wieder mit einem Zeitungsball, den Dino immer auf wunderbare Weise erneuerte.

Um ein Uhr mittags begann das Spiel, zu dem wir uns in zwei Mannschaften aufteilten; und je nachdem, wie viele hinzukamen («du zu denen, er zu uns»), verstärkten sich die Reihen; und wenn es zwei schlug, der eine in die Fabrik, der andere in die Werkstatt, der dritte wer weiß wohin mußte, lichteten sie sich wieder – bei einem Stand von rund zehn Toren.

Wilde Spiele, bei denen es Streit gab und Tritte gegen die Schienbeine; zwölf-, vierzehn-, sechzehnjährige Jungen, Söhne von Arbeitern und Angestellten, die meisten aber von armen Leuten, die sich irgendwie durchs Leben schlugen, Straßenhändlern, oft auch Gaunern. Die Kinder von Santa Croce, bei deren Vätern Hopfen und Malz verloren war und deren Mütter mit zerzaustem Haar an der Türschwelle saßen, waren sich, in einer Armut hinter der Fassade des Anstands, bei der es allen noch zu Wein und zu mehr als trockenem Brot reichte, allein überlassen: in jenem von herrschaftlichen Straßen mit alten Palazzi durchzogenen Wurmfortsatz von San Frediano, den das Viertel Santa Croce im Florenz des Jahres 1921 bildete. Es war das Jahr der Zentenarfeier für

Dante Alighieri, als wir viel Ehre einlegten, indem wir jede Gasse, jeden Winkel aufs prächtigste schmückten. Unsere Geschichte beginnt vier Jahre nach diesem berühmten Ereignis.

II

Die «sportliche» Bekanntschaft, die wir mit unseren Helden geschlossen haben, darf uns nicht irreführen; wer sich hier im Schatten der großen Kuppel eine Budapester Topographie vorstellen wollte, müßte schwer enttäuscht werden: Die Paulstraße* ist sehr herausgeputzt und geradezu kindlich im Vergleich zu dem Anstrich harmloser Kriminalität, der unsere Helden umgibt. Ehrlich gesagt, einen Toten gab es auch bei uns, einen Jungen aus der Via dell'Agnolo namens Enzo, der sich nach einem Sprung in den Arno, mitten im Februar, von der Eisernen Brücke mit einer Lungenenzündung ins Bett legte. Lange nach seinem Tod, als wir ihn schon vergessen hatten, erfuhren wir, daß er uns im Fieberwahn zu Zeugen für seine Heldentat angerufen hatte: Und wir hatten ihn anfangs noch nicht einmal vermißt. Woran ich mich hingegen erinnere, ist der traurige Blick, den uns seine Mutter zuwarf, als wir eines Tages, viele

---

* Anspielung auf den Roman von Ferenc Molnár. *Die Jungen der Paulstraße* (1906)

Monate später, auf der gegenüberliegenden Straßenseite an ihrem Haus vorübergingen und sie uns erkannte: ein trauriger, auch vorwurfsvoller, aber nicht haßerfüllter Blick. Als wir uns nach ihr umdrehten, rief die Frau, die vor ihrer Tür saß, «Hurensöhne» hinter uns her, ohne sich von ihrem Hocker zu rühren.

Vielleicht vermitteln bestimmte amerikanische Filme und insbesondere die Verfilmung von Molnárs Erzählung eine gewisse, allerdings ziemlich verfälschte Vorstellung von dem, was wir waren, aber uns fehlte die Sicherheit, mit der die blutjungen Akteure im Film auftreten. Wir waren im Unterschied dazu bei unseren Aktionen immer sehr befangen, und wie stets in der Wirklichkeit stieß uns genau das Gegenteil von dem zu, was den Jungen im Kino passiert, die doch, bei Gott, so echt wirken. Wir fühlten uns ganz und gar nicht echt, alle unsere Heldentaten versuchten wir als Spiel zu verharmlosen, eben damit wir nicht den Mut verloren. Wenn wir etwas wagten, wagten wir viel, und das kam ziemlich oft vor, deshalb tat jeder von uns insgeheim so, als wäre alles nur in der Phantasie geschehen: Das war der einzige Ausweg, uns nicht als Gesetzlose sehen zu müssen, uns auf das Risiko einzulassen und es unbeschadet zu überstehen.

Jedenfalls schien mir an dem Tag, an dem ich endgültig aus der Fabrik wegging, der Nachmittag kein Ende nehmen zu wollen; damals wurde mir bewußt, daß das Fußballspiel auf dem Platz, das Ausreißen vor den Polizisten, denen wir immer entwischten, indem wir ihnen den Ball überließen, all das, dem ich bisher so großes Gewicht beigemessen hatte, die Erholung von einem sehr viel intensiveren und waghalsigeren Leben war; ich erkannte, daß ich nun in andere Dinge mit hineingezogen würde, von denen ich hin und wieder halb ungläubig, halb verdrossen, weil ich davon ausgeschlossen war, gehört hatte. Das erschreckte mich zuerst, machte mir auch Angst; später lauschte ich dem, was in meiner Gegenwart ausgehandelt wurde, während man mir gleichzeitig meine Rolle zuteilte, wie der Erzählung von einem Abenteuer, an dem ich bereits teilgenommen und mir Ehre gemacht hatte, so daß ich dafür allgemeine Anerkennung und innere Befriedigung genoß.

III

Fürs erste lernte ich, den Menschen und den Dingen mehr auf den Grund zu gehen, oder wenigstens mir selbst mehr auf den Grund zu gehen, wenn schon nicht diesen Dingen und diesen Menschen. Bis dahin hatte ich der Bande von außen angehört, wie einer der vielen Jungen, die nach dem Mittagessen für eine Stunde beim Fußballspiel Entspannung fanden und sich abends gruppenweise mit den Mädchen die Zeit vertrieben. Im übrigen hatte es die Familie noch nicht ganz aufgegeben, sich um meine Erziehung zu kümmern; den

Sonntag verbrachte ich gewöhnlich bei meinen Großeltern, was mich der Möglichkeit beraubte, einen vollen Tag in Gesellschaft derjenigen zu verbringen, die ich für die «Arbeitslosen» in der Bande hielt.

Als erstes begann ich an jenem denkwürdigen Tag damit, diese ohne Verwunderung zu identifizieren. Während die Mannschaften sich allmählich auflösten und der eine in die Fabrik, der andere in die Werkstatt, der dritte wer weiß wohin mußte, blieben die entschlossensten und gewissermaßen tyrannischsten Spieler auf dem Platz zurück, um das Spiel fortzuführen, jene der «Unseren», die sich zu Zeiten des Lederballs gern mit den Druckereiarbeitern gemessen hatten. Als es an jenem legendären Nachmittag, an dem ich meine Initiation erlebte, drei schlug, spielten wir nur noch zu fünft oder sechst, und ich fand es ganz normal, daß gerade wir geblieben waren: Mir schien, daß jeder meiner Freunde erst jetzt sein wahres Gesicht zeige, ich bekannte mich in ihrer Gesellschaft zu einem Geheimbund, von dem ich wohl viel geträumt haben mußte, dem beizutreten ich aber allzulange gezögert hatte.

Wir spielten nicht weiter, und Dino, genannt Chicchirilla, hob den Ball auf, um ihn in einem Versteck zwischen den Gebäuden der Via Magliabechi zu deponieren. Wir scharten uns um eine Bank, auf der sich Gino und Giordano rittlings gegenübersaßen und auf einem mit Kreide auf den Stein gezeichneten Spielbrett eine Partie «Mühle» anfingen, mit gewöhnlichen Kieselsteinen. An einen Pfeiler gelehnt, fragte mich Rossini, während er sich den Sand aus einem Schuh schüttelte, den er ausgezogen hatte, ob ich die Fabrik «schwänze», und meinte auf meine bejahende Antwort: «Ist auch besser so». Dann kam Foffo zurück, der an den Straßenbrunnen gegenüber der Via dell'Anguillara zum Trinken gegangen war; und kurz darauf erschien auch der Chicchirilla mit einer Tüte grüner Feigen wieder. Es muß Spätsommer gewesen sein, oder sogar Herbst, meine ich, wenn wir grüne Feigen gegessen haben.

IV

Ich wunderte mich, daß meine Kameraden mich so wichtig nahmen: Gerade daß sie mir soviel Aufmerksamkeit widmeten, getarnt als Respekt, den ich ihnen gar nicht zugetraut hätte, erschreckte mich anfangs. Ich merkte, daß sie etwas Besonderes mit mir vorhatten, und befürchtete, dem nicht gewachsen zu sein; ich hatte Angst, von ihnen verprügelt zu werden, und wenn ich sie mir so ansah, war ich der Schwächste. Mit Foffo hatte ich noch ein Problem wegen Olga, das war seine Schwester, mit der er mich vor kurzem eines Abends in der Via da Verrazzano erwischt hatte. Da hatte er sich vor mir aufgepflanzt und spöttisch gefragt, ob ich sie zu heiraten gedächte, und mir mit der Handfläche auf die Stirn geschlagen, daß ich gegen die Mauer prallte; im Weitergehen hatte er verächtliche Worte vor sich hingemurmelt.

Dieser Foffo war von allen fünf der Größte und wohl auch der Älteste; nicht blond wie Olga, sondern vielmehr überraschend dunkel, die schwarzen, die rabenschwarzen und wilden Haare umrahmten sein Gesicht wie ein Helm, ragten ihm über die Stirn, kringelten sich in seinem Nacken und liefen wie ein schwarzer Anstrich auf seinen Wangen aus; schwarz auch die Augen, mit grünen Flecken, finster hatten sie an jenem Abend in der Dunkelheit auf mich gewirkt; und die Brauen, ja, die blond, dicht und schwer über den Lidern. Ich habe ihn viele Jahre später wiedergesehen, kaum verändert, nur die Schultern leicht gebeugt, der Blick noch lebhafter und finsterer, aber gleichzeitig durch seine Stimme widerlegt, die Stimme eines Menschenkindes, das darüber staunte, überhaupt zu leben, das ewig verwundert war und Wunder auch brauchte; und immer noch voller Aufmerksamkeit für alles, was ihn umgab, interessiert wie damals, an einem Kind und an einer Frau, an einem Himmel und an einem Fluß, die er sich vergeblich immer so vorzustellen versuchte, daß er körperlich ein Teil ihres Geheimnisses würde. Beim Abschied weihte er mich leise in seine Absicht ein, bald in den Krieg zu ziehen, der seit ein paar Monaten in Spanien geführt wurde. «Das ist ein Krieg», sagte er zu mir, «wo ein Mann weiß, was er da zu suchen hat. Es ist so wie damals, als wir uns als Jungen prügelten, und wir prügelten uns, um uns besser miteinander zu verstehen.» Und diese romantische Einsatzbereitschaft hatte ihn tatsächlich auch schon als Jungen ausgezeichnet, sie gehörte zu seiner Persönlichkeit und bewirkte, daß man auf ihn hörte und ihn respektierte (ich kann mich erinnern, daß er als einziger von allen meinen Kameraden imstand war, die Abenteuer David Copperfields gebührend zu würdigen, während die andern dem Dikkensschen Helden gleichgültig oder ablehnend gegenüberstanden und ihn als «komisches Herrensöhnchen» betrachteten); man hörte auf ihn und respektierte ihn, aber man fürchtete ihn nicht, wie man Rossini fürchtete, der stillschweigend als Chef der Clique galt. Man merkte Foffo an, daß er einem jede Beleidigung verziehen hätte, daß er *gut*, aber auch schwach war, «eine Seele von Mensch», wie Olga sagte: Sogar seine Gewalttätigkeiten entpuppten sich nachträglich als Akte der Gerechtigkeit; man hörte auf ihn und respektierte ihn, aber wir waren weit davon entfernt, ihn zu fürchten, denn nichts irritiert einen Jungen mehr als Großmut.

Foffo bemühte sich gleich, meinen Argwohn zu zerstreuen; er hakte mich unter und sagte: «Ich hab' dich neulich abends nur so behandelt, weil ich es gut mit dir meine. Nicht etwa, weil das meine Schwester ist; ich schäme mich, daß das meine Schwester ist. Die erzählt überall herum, daß du ein Duckmäuser bist. Schön dumm von dir, daß du sie ernst nimmst. So unverschämt, wie die ist, kann sie gar nicht genug Prügel kriegen.» Nach der ersten Überraschung (seine Worte öffneten mir die Augen über manches in meiner Beziehung zu Olga) wollte ich gerade etwas antworten (nachdem das Gespräch einmal auf diesen Punkt gekommen war, lag mir daran, und Foffos Auskünfte über seine Schwester waren mir wichtig), als Rossini nach uns rief: «He, Schluß jetzt mit euren Geheimnissen», meinte er. Seine Stimme klang wie immer gereizt und fordernd, doch mißfiel uns seine resolute Art nicht. Er war ein sehr sympathischer Bursche, der Rossini, fast noch ein Junge, die Augen himmelblau und die Haare kastanienbraun, mit einem blassen, hageren Oval von Gesicht; die Lippen schmal und bleich, grausam, würde ich sagen. Er trug eine verschossene, ursprünglich graue Kappe mit verbogenem, verschlissenem Schild, aus dem da und dort die Einlage aus Karton hervorschaute; vom Gürtel baumelte bis zur Tasche herab eine Kette, an der, wie wir wußten, ein gut zehn Zentimeter langes Klappmesser hing. In der Gesäßtasche – die Hose war aus altem Flanell und über dem Nabel und auf halber Höhe der Schenkel sehr eng – hütete er als Zeichen seines Ranges und um uns aufs höchste einzuschüchtern und mit Neid zu erfüllen, einen Revolver Marke Flobert.

«Wir sprechen noch darüber», sagte Foffo zu mir. «Fürs erste ist es schon mal gut, daß du die Arbeit schwänzt. Warte nur, als Straßenräuber wirst du die Dinge bald klarer sehen.»

«Nachdem also», fing Rossini an und zog an

seiner schlecht brennenden Kippe, «nachdem also unser Schlaukopf beschlossen hat, die Fabrik zu schwänzen, kann er ja heute für alle etwas springen lassen.»

«Ich hab' kein Geld», antwortete ich.

«Das beschaffst du dir», sagte Rossini.

«Wie denn?»

«Jetzt hört nur unser Unschuldslamm», meinte der Chicchirilla, ohne sich, rittlings auf der Bank, von seinem Spiel ablenken zu lassen.

«Raus mit den Moneten», sagte Foffo. Jeder Junge zog ein paar Münzen hervor, und so kamen alles in allem zwei Lire zusammen.

«Los, gehen wir», sagte Rossini.

Ich war in höchster Verwirrung. Man wollte mich zum Stehlen zwingen, und ich hatte nicht die leiseste Ahnung, wo und wie ich das anstellen sollte. Aber nicht etwa vorweggenommene Gewissensbisse quälten mich, keine Spur der weisen Ratschläge meiner Großmutter, die mir jeden Sonntag ein böses Ende prophezeite; und auch nicht die Angst vor dem Risiko, der Gedanke, Olga zu verlieren, in die Besserungsanstalt, ins Gefängnis gesteckt zu werden; und noch weniger kümmerte mich der Gedanke, wie mich mein Vater empfangen würde, wenn er hörte, daß ich von meiner Arbeit weggelaufen war – kurz: all das, was mein Unglück bedeuten konnte. Ich dachte schon auch an mein Unglück, aber das zählte wenig oder nichts im Vergleich zu der Gefahr, daß ich bei dem Streich, für den mich meine Kameraden ausersehen hatten, versagen würde; vor Entsetzen, das in mich gesetzte Vertrauen zu enttäuschen, bekam ich weiche Knie. Noch bevor ich hörte, welches «Ding» ich drehen sollte, hatte ich alle Brücken zu meiner Vergangenheit als anständiger Junge abgebrochen, den Kolben und Kugellagern Adieu gesagt und damit meinen Hoffnungen, ein guter Mechaniker zu werden, Olga zu heiraten, oder Clara, wenn Olga sich weiterhin so zierte (Clara, die immer nur mit der Achsel zuckte und mir dann Liebesbriefe schickte, unter die sie statt einer Unterschrift ein von einem Pfeil durchbohrtes Herz setzte); Adieu auch den schönen Ausflügen mit Tante Ibe und Tante Ebe auf dem Damm des Mugnone oder zum Schloß von Vincigliata ganz im Grünen mit seinen steilen Böschungen; ich dachte auch nicht mehr daran, ein großer Fußballspieler zu werden oder ein Arbeiter, bereit für die dritte Welle der Revolution, «die endgültige, die alle Arbeitgeber der Welt in den Dreck walzen wird», wie man bei uns in der Werkstatt sagte, auch würde ich nie Werkleiter und auch kein Abenteuerschriftsteller wie Jack London werden, alles vorbei. Statt dessen sollte ich Straßenräuber werden, und Foffo hatte recht: Als Straßenräuber würde ich die Dinge bald klarer sehen.

Ich erinnere mich jetzt nicht mehr, welche Blüten meine Phantasie noch trieb; vielleicht ging mir der Gedanke an ein Verbrechen durch den Kopf, vielleicht dachte ich an Rossinis Klappmesser. Jedenfalls machte ich mich, von einem unerklärlichen Verlangen erfüllt, klar und zugleich benommen wie nach einem langen Fasten oder nach einer langen Krankheit, von der man sich allmählich erholt, in Gesellschaft meiner Kameraden, die mich mit ihrem Schweigen auf die Folter spannten, auf den Weg zur Wiese an der Münze.

V

Wenn man Wiese sagte oder besser *die großen Wiesen an der Zecca,* der Münze, oder einfach *die Großen Wiesen*, meinte man damit eine weite, von mächtigen Platanen gesäumte Esplanade aus gestampfter Erde, die den Viale Duca di Genova vom Viale della Zecca trennte, und sowohl die Wiese als auch die zweite Allee hatten ihren Namen von dem nahen Turm an der Piazza Piave, die in den Lungarno mündete.

Im Schatten der ehrwürdigen Münze, im Schutz der bejahrten Bäume versammelten sich jeden Nachmittag ganze Scharen von Lausbuben aus allen Vierteln der Stadt; Gassenjungen von diesseits und jenseits des Arno, die die Großen Wiesen in eine Spielhölle verwandelten: nicht viel anders als eine der zahlreichen zugelassenen Spielhöllen für die Erwachsenen, wenn auch ohne Tribut für den Croupier und ohne Nullen, mit denen man hereingelegt wurde. Für die Kartenspiele «*La Zecchinetta*» und «*Sette e mezzo*» gab es im Schutz eines Kapellchens am Rand der Wiese eine Art eigenen Pavillon: Dort trafen sich gewöhnlich die Jungen von San Frediano und aus der Via della Colonna, die seit Jahren versuchten, sich mit wer weiß welchen Tricks gegenseitig die Gewinne aus der Tasche zu ziehen. Die große Fläche dieses heruntergekommenen Paradieses war eigentlich von den Bahnen der Muriella-Spieler (eine Art Boccia) besetzt, schien aber vor allem jenen vorbehalten, die in den *Ritti* oder im *Quadrato* und anderen Spielen dieser Art wetteiferten. (Die «Aufgestellten», das «Quadrat», was für mysteriöse Bezeichnungen für den ahnungslosen Leser, der zu seinem schwachen Trost und mit Nachsicht die Pein einer Einführung in die Grundbegriffe über sich ergehen lassen möge.)

Unter den Jungen wird eine Gruppe gebildet, die *flüssig* sein soll, die *einen Stapel* hat, bei der es eben *flutscht*! Blank sein, abgebrannt, heißt, man ist *kaltgestellt* oder *ausgebootet*. Als Kleingeld sind Münzen zu zwanzig (*Chifelli*) und fünfzig (*mezza Sverza*) Centesimi in Umlauf. (Fünf Lire sind ein *Cecolino*.) Nachdem der Einsatz festgelegt ist, beginnen die Spieler, im allgemeinen nicht mehr als sechs, ihre Partie, die auf einem erdigen Untergrund stattfinden muß; jeder wirft seine Münze auf den Boden, wobei dann der Reihe nach immer einer aus der Gruppe die Aufgabe hat, sie senkrecht aufzustellen, indem er entsprechend viel Erde zusammenkratzt. Die Münzen werden als *Glocke* beziehungsweise Dreieck angeordnet, so daß sie wie ein anfliegendes Geschwader aussehen. Jeder Mitspieler ist mit *Diecioni* ausgerüstet, den Zwei-Soldi-Stücken aus der

Vorkriegszeit, viele noch aus der Zeit König Umbertos, ganz abgegriffen oder durch meisterliches Schleifen auf dem Stein blank poliert. Wer ausgelost wird, bestimmt als erster seinen *Punkt* in einem gewissen Abstand von der *Glocke*, deren vorderste Münze an der Spitze der Figur, gleich dem Kommandanten des Geschwaders, das Ziel bildet. In der zweiten Runde wird der Reihe nach geworfen, wobei der Spieler anfängt, dessen *Punkt* am weitesten von der *Glocke* entfernt liegt: Der *Diecione* muß in die *Glocke* treffen, die umgeworfenen Münzen gelten als gewonnen. Derjenige, der «unter allen» bleibt, dessen *Punkt* also am nächsten an der *Glocke* liegt, wirft nicht, er kommt auf die «Wartebank» und streicht am Ende jene Münzen als Gewinn ein, die noch stehengeblieben sind. Nicht selten gelingt das *Große Abräumen*, nämlich daß man mit einem einzigen Wurf die ganze *Glocke* einreißt. Geworfen wird, je nach Absprache, auf drei verschiedene Arten, nämlich *gerade*, *von unten* oder *hingeknallt*. Der *gerade* Wurf ist der normale, das einfache Zielen auf die *Glocke*; *von unten* wird so geworfen, daß man das linke Knie beugt, die Hand hinter die rechte Wade führt und aus der Fesselhöhe zielt. Es gibt zwei Weisen, den *Diecione* zu schleudern: die *italienische* und die *französische*: Bei der italienischen wird der *Diecione* am Rand zwischen Daumen und Zeigefinger gehalten und außerdem noch vom Mittelfinger abgestützt; bei der französischen liegt die Münze flach zwischen Daumen und Zeigefinger und wird am Rand vom obersten

Glied des Mittelfingers gestützt, um sie so für das Zielen im Gleichgewicht zu halten.

Soweit zu den *Ritti*, den «Aufgestellten». Das «Quadrat» ist weniger kompliziert.

Man wählt eine Mauer oder einen großen Stein, irgendeinen Bezugspunkt, gegen den jeder Mitspieler seinen Einsatz wirft, nachdem man zuvor in einem bestimmten Abstand davon ein gewöhnliches Quadrat auf den Boden gezeichnet hat. Wer mit seiner Münze der Mauer am nächsten kommt, wirft dann von dieser den ganzen Haufen Münzen herunter, wobei er versucht, in das Quadrat zu zielen. Hat er sich gut geschlagen, darf der Spieler versuchen, als erster eine der nach außerhalb gerollten Münzen in das Quadrat zu schießen. Es geht der Reihe nach, bis schließlich alle Münzen innerhalb des Quadrats liegen. Der Schuß muß bei ausgestrecktem Mittelfinger erfolgen und ein entschiedener Schuß sein, ohne *Herumgeschiebe*.

Außer diesen Hauptspielen gibt es noch zahllose andere, die uns jetzt für unsere Geschichte nicht zu interessieren brauchen. So *Battimuro,* «Mauerklopfen», *Palmata,* «Tatzengeben», *Inzucche,* «Verzwiebeln», *Testa e Croce,* «Kopf und Adler», die ja wohl nicht ganz unbekannt sind.

VI

Es mag verwundern, daß in einem solchen Spielparadies ausgerechnet die «Hausherren», die natürlich hier die Pioniere gewesen waren und außerdem den Spielteufel wirklich im Leib hatten, so wenig vertreten waren. Auf den Großen Wiesen, im Herzen von Santa Croce, fehlten die Jungen von Santa Croce, jene, die man bar jeden Respekts und vollkommen verantwortungslos die *Crociati*, «Kreuzler», nannte. Ehrlich gesagt, hatten sich die Crociati ihr Grab selber geschaufelt: sie hatten sich mit aller Gewalt möglichst wild und betrügerisch aufgeführt und sich damit ins eigene Fleisch geschnitten und waren nach legendär gewordenen Prügeleien von den «Kolonisatoren», die sich vereint hatten, um sie niederzuwerfen, verdrängt worden. Jetzt biwakierten sie wie arme Rothäute am äußersten Rand der Wiese und machten, während sie das rege und nicht immer ganz unblutige Leben der Eroberer betrachteten, abwechselnd ihrem Ärger Luft. Und so groß war ihr Neid, so heftig ihre ohnmächtige Wut, daß sie sich hin und wieder zu einer Aktion hinreißen ließen, die ihre ganze Vergangenheit als Draufgänger Lügen strafte: Sie leckten einem an der Uferbrüstung lehnenden Schutzmann so lange die Stiefel, bis der Ordnungshüter in die geheime Spielhölle unter freiem Himmel einbrach!

An jenem denkwürdigen Tag war mir die Rolle des Rächers zugedacht. Den Umstand nutzend, daß ich in jenen Kreisen unbekannt war, sollte ich mich auf der Wiese unter die Spieler mischen, bei einer Partie mitmachen und mich, sobald der Einsatz so hoch wäre, daß man davon sechs Eintrittskarten ins «Cinema Garibaldi» kaufen könnte, seiner bemächtigen und ostentativ davonrennen. Auf mein Zeichen würden dann Rossini, Foffo, Gino, Giordano und der Chicchirilla, die sich solange am Rand der Wiese versteckt halten wollten, den Schauplatz betreten. «Das übrige regeln wir», sagte Rossini zu mir, «du wartest am Eingang vom Garibaldi auf uns.»

Meine Mission als Trojanisches Pferd, freilich in Billigausführung und einer solchen Abstammung unwürdig, begeisterte mich. Bei aller heldenhaften Entschlossenheit, mit der ich schon zum Mord bereit gewesen war, fühlte ich mich nun doch erleichtert; oft ist der Teufel nicht so schwarz, wie wir ihn an die Wand malen; ich war billig an mein Patent als Straßenräuber gekommen und eigentlich auch überzeugt, daß es sich im Haus von Dieben leichter stehlen läßt, als man gemeinhin annimmt; oft beißen sich die Hunde gegenseitig.

VII

Im Besitz der zwei Lire aus der gemeinsamen Kasse, wurde ich rasch zu einer Partie *Ritti* zugelassen, die mit einer halben Lira Einsatz pro Runde gespielt wurde. Meine Gegner waren vier Jungen aus ich weiß nicht welchem Teil der Stadt: Ich erinnere mich noch an einen von ihnen, einen Rothaarigen mit sommersprossigem Gesicht, ganz wie es sich für einen «Bösewicht» gehört, der einem im Gedächtnis bleibt. Sie nannten ihn den «Spinner», und das schien ihm zu gefallen; er setzte sich gegen die anderen Spieler mit den Fäusten durch, aber er wurde mehr geduldet als gefürchtet, wie ich aus den mitleidigen Blicken (sein Gepolter brachte dauernd das Spiel durcheinander) schließen konnte, die ihm seine Kameraden bei jeder neuen Haarspalterei zuwarfen, auch wenn sie sich seine Handgreiflichkeiten gefallen ließen, mit denen er sich ohne Zweifel nur selber schadete. An seiner Wut und den Flüchen, die er alle Augenblicke wie Kröten, die sich auf seiner Zunge zu bilden schienen, ausspuckte, merkte ich, daß der Spinner, ich weiß jetzt nicht mehr ob zwanzig oder noch mehr Lire verlor, jedenfalls eine beträchtliche Summe. Andererseits entging mir nicht, daß sich die drei übrigen Mitspieler, alles Jungen, die jünger und kleiner waren als er und einander in meiner Erinnerung glichen wie ein Wassertropfen dem anderen, gegen den «Roten» verschworen und ihn durch ein Zusammenspiel von Behinderungen und

«Wegschieben» sozusagen «ausgetrickst» hatten. Diese Drillinge wehrten sich zunächst auch gegen mein Mitspiel, aber der Spinner war da anderer Meinung, er versprach sich von dem höheren Einsatz eine schnellere Revanche. Kurz und gut, der Spinner setzte sich gegen den Widerstand des Dreigestirns durch, und so konnte auch ich meine Runde beginnen. Die beiden ersten Spiele verlor ich, so daß ich nur noch eine einzige Lira besaß, und der Einsatz war, ganz gegen Rossinis Instruktionen, sehr niedrig: Ich warf einen Blick um mich und bildete mir ein, meine Kameraden hinter dem Kapellchen postiert zu sehen, im Rücken der *Zecchinetta*-Spieler. Mit dem Selbstbewußtsein eines frischgebackenen Straßenräubers verlangte und erreichte ich, daß der Einsatz von einer halben auf eine ganze Lira erhöht wurde. Mein Vorschlag wurde vom Spinner mit begeistertem Fluchen begrüßt, der im vorangegangenen Spiel gerade mit einem durch ein Steinchen auf der Schußlinie umgeleiteten, unverhofft geglückten französischen Wurf das Feld «abgeräumt» hatte; und die drei Doppelgänger schlossen sich seiner Billigung widerspruchslos an.

Ich hatte das Spiel so eingerichtet, daß ich auf die «Wartebank» kam, um, wenn alle Mitspieler ihren Punkt bestimmt hätten, ein paar Meter von ihnen entfernt wenigstens für einen Augenblick frei zu stehen und den gesamten Einsatz in greifbarer Nähe zu haben. So geschah es dann auch. Im günstigsten Augenblick raubte ich die fünf Lire vom Boden und lief, laut «Foooffo» und

«Rossiiini» rufend, auf meine Kameraden zu, die nun, als ob sie die verschiedenen Phasen meiner Aktion aus der Nähe verfolgt hätten, gemessenen Schritts und mit geballten Fäusten das Feld betraten, bereit, sich dem Spinner und den Drillingen entgegenzustellen, die mich schreiend und fluchend verfolgten.

Und da begann die schönste Prügelei, wie sie sich kein Regisseur besser hätte ausdenken können.

VIII

Die fünf Crociati schirmten mich gegen meine Verfolger ab. Diese zeigten sich, obwohl vollkommen überrumpelt, sofort kampfbereit, noch ehe sie erkannten, in welche Falle sie gegangen waren. Nach einem offenbar vorher abgesprochenen Plan knöpften sich die Crociati jeder «seinen Mann» vor und inszenierten so vier Einzelkämpfe, während der Chicchirilla, der überzählig war, von einem Kampfpaar zum andern wechselte und fröhlich den gemeinsamen Feinden krachende Fausthiebe auf den Kopf versetzte. Als erstes sah ich, wie Giordano unter einen der drei Doppelgänger geriet und die zwei sich, die Hände im Gesicht des Gegners und die Beine ineinander verschlungen, auf dem Boden wälzten; die beiden anderen Jungen mit der Familienähnlichkeit und

Foffo beziehungsweise Gino umtänzelten einander in einer Serie von mehr oder weniger korrekten Schlägen aus halber Distanz. Aber meine Aufmerksamkeit wurde von den beiden HauptheIden gefesselt, von Rossini und dem Spinner, die sich einander gegenüber sahen: Aus den bestialischen Flüchen des «Roten» war zu schließen, daß zwischen den beiden ein uralter Haß loderte. Im ersten Augenblick musterten sich die Gegner, erregt und laut der Spinner, während mein Freund stumm und bedächtig blieb. Rossini schlug als erster zu, sein Faustschlag traf den Feind mitten ins Gesicht; rasend vor Wut, stürzte dieser sich auf ihn, die beiden Köpfe prallten zusammen. Ich sah Rossini mit einem roten Fleck unterm Auge einen Schritt zurückweichen; er nahm seine Kappe ab und warf sie hinter sich, dann gingen die beiden wieder aufeinander los, und der Boxkampf artete in eine wilde Schlägerei aus, bei der kein Hieb unerlaubt schien.

Das Kampfgeschrei machte die Jungen der verschiedenen Gruppen, die über die Wiese verstreut waren, aufmerksam; es dauerte nicht lange, und eine beträchtliche Anzahl von Zuschauern hatte ihre Spiele unterbrochen und stand im Kreis um die acht Mann, die sich, nah beieinander, ihren Kampf lieferten. Die Neuankömmlinge, die die Situation blitzschnell begriffen, spornten den Spinner und seine Freunde an und stellten sich damit moralisch gegen die Crociati, für die sich die billigen Heldentaten des Chicchirilla, der ungerührt weiter seine Fausthiebe bald auf den Kopf des einen, bald auf den des anderen Feindes verteilte, böse auszuwirken drohten. Als wäre durch das Verhalten des Chicchirilla das bei solchen Gelegenheiten geltende Gebot der Neutralität aufgehoben, löste sich einer der Anwesenden, ein gedrungener, knochiger Junge mit Mongolengesicht und einem struppigen, wirren Schopf über den Augen aus der Zuschauerreihe und begann mit dem Chicchirilla das fünfte simultane Match. Kurz darauf, als sich nämlich das Schicksal zugunsten der Crociati zu wenden schien, warfen sich sämtliche Zuschauer in das Gerangel: Es entstand ein solches Durcheinander, daß man aus der Ferne keine Einzelheiten mehr unterscheiden konnte.

IX

Während sich diese Ereignisse abspielten, blieb ich (die fünf Lire, die das ganze Höllenspektakel ausgelöst hatten, fest in der Hand und halb schon auf dem Weg zu dem Lichtspieltheater, wo ich auf meine Freunde warten sollte) vor Neugier und vielleicht auch aus einem instinktiven Solidaritätsgefühl wie gebannt auf dem Gehsteig der Allee stehen, um zu beobachten, wie die Sache für meine Freunde ausging. Und als sie mir dann durch das Eingreifen der gesamten feindlichen Besatzung der Großen Wiesen überwältigt schienen, stürzte ich mich aus einem Impuls, den ich mir noch heute hoch anrechne, ohne Rücksicht auf mein eigenes Verderben in die Hölle. Aber ich war ein Anfänger unter Könnern, ein Göckelchen mit kaum geschwollenem Kamm unter lauter ausgewachsenen Kampfhähnen. Kaum war ich mitten im Krawall, als mich ein unvermuteter Fausthieb, der von einer über dem Gedränge agierenden Geisterhand zu stammen schien, voll auf die Nase traf, so daß ich mich betäubt und blutend aus der Kampfzone zurückzog.

Ich holte nach dem Schlag, von dem sich mir alles im Kopf drehte, eben Atem und tupfte mit dem Taschentuch das Blut ab, das mir aus der Nase lief, als ich aus einer plötzlich aufbrechenden Schneise zwischen den ineinander verschlungenen Körpern (die ich nur nebelhaft und wie aus weiter Ferne erkennen konnte, während das Gebrüll mir in die Ohren dröhnte) einen rasenden rotmähnigen Hünen auftauchen sah, der sich irgendwie aus dem Gliedmaßendickicht befreit hatte und in meine Richtung schrie: «Da ist das Schwein!» Mich packte die Angst, ich machte kehrt und ergriff mit meinen letzten Kräften die Flucht.

Ich hatte noch keine zehn Schritte gemacht, als ein zweifacher Knall, halb Böller, halb Schreckschußpistole, mich mit einer Gänsehaut erstarren ließ. Ich konnte gerade noch sehen, wie Rossini aus der Flobert in seiner Faust den dritten Schuß in die Luft abgab: Sprachlos vor Überraschung stand die ganze Jungenbande vor ihm, der Spinner in der ersten Reihe. Aus der Richtung des Kapellchens sah ich einen Schutzmann und einen Carabiniere herbeistürzen und wurde von der allgemeinen wilden Flucht mitgerissen. Passanten am Rand der Wiese riefen uns Beschimpfungen wie «Lumpengesindel», «Rüpel», «Verbrecher» nach: An der Kreuzung wäre ich fast unter eine Straßenbahn gekommen und hörte den Fahrer unter dem Kreischen der Bremsen hinter unserer davonstürmenden Meute herschimpfen; bis ich mich dann schließlich neben Foffo wiederfand und mit ihm, immer noch im Laufschritt, die Piazza Santa Croce erreichte, nachdem wir die anderen Fliehenden unterwegs abgehängt hatten. Bald darauf tauchten auch die vier anderen Freunde auf, schon wieder ganz normal und ruhig und nur ein wenig rot im Gesicht von der gerade überstandenen Hetzjagd. Während er sich eine halbe Zigarette ansteckte, fragte mich Rossini: «Das Geld hast du ja hoffentlich noch? Also dann gehen wir jetzt ins Kino.» Auch Foffo und Giordano rauchten, und der Chicchirilla biß in einen Apfel.

X

Meine Beförderung zum Straßenräuber sollte nun auch für das Lichtspieltheater genutzt werden. Zunächst einmal wunderte ich mich, welchen Gebrauch Rossini von den berühmten fünf Lire machte, nachdem er sie mir abverlangt und auch bekommen hatte: Er kaufte drei Päckchen «Popolari»-Zigaretten, die er gleichmäßig unter uns sechs verteilte, und steckte das übrige Geld ein. Als wir uns dem Kino näherten, gab er mir Instruktionen für die neue Gaunerei: Diesmal kam ich, wie wir sehen werden, in der mir wiederum zugedachten Rolle des Trojanischen Pferds dem Original schon etwas näher.

Das «Cinema Garibaldi» war eines der vielen Wunderdinge im Florenz des Jahres 1925 und gewiß nicht das schlechteste. Es lag in der Via Pietrapiana, der Hauptstraße des Viertels, zwischen Fluß und Park, und der Held, dessen Namen es trug, wurde bei den Tumulten, zu denen es dort nicht selten kam, stillschweigend mitgeehrt. Vielleicht wehte der Geist dieses legendären Ritters ohne Furcht und Tadel, treuherzig verkörpert durch Tom Mix und dessen «berühmten Schimmel Tony» durch den Saal, wenn der kühne Cowboy an der Spitze der «Unseren» in gestrecktem Galopp gerade noch rechtzeitig eintraf, um das blonde Mädchen vor den geheimnisvollen und grausamen Absichten seiner Entführer zu retten. Der ganze Saal spornte ihn wie wahnsinnig an, schreiend, johlend, klatschend und mit durchdringendem Pfeifen; und nicht einmal der meisterhafte lange Mundfurz, der unvermeidlich in einem bestimmten Moment das weiß Gott frenetische Geschrei übertönte, wirkte respektlos, sondern im Gegenteil angemessen und abrundend, kundig und anstachelnd. Welches andere Publikum hätte es im intelligenten, rechtzeitigen Schreien, Grölen und

Mundfurzen mit diesem Publikum aufnehmen können! Ein Saal voller Jungen natürlich, die sich von dem Film bis zur Erschöpfung mitreißen ließen – und hier war jeder Groll begraben, wurde der rechtmäßige Anspruch auf einen Sitz respektiert, war die Sympathie echt und instinktiv, mit der es als teilnehmende, liebevolle Zärtlichkeit hingenommen wurde, wenn man sich gegenseitig auf den Kopf schlug und die Daumen in die Augen drückte. Aber nicht nur die Jungen, auch ihre Mütter waren da, zerzauste, fröhliche Frauen aus dem Volk (winters mit dem häuslichen Kohlenbekken zwischen den Füßen), die in den Pausen mit der Spürnase eines erfahrenen Polizisten den Saal nach ihren Söhnen absuchten, um sie mit derben Worten zurechtzuweisen. Und Soldaten, viele Soldaten aus den nahen Kasernen, die nach Stall und Schweiß rochen. Seltene Gestalten von unrasierten Bürgern und unglaublich häßliche, unglaublich leicht und vergnügt zum Schlimmsten bereite Mädchen. Der Saal des Garibaldi!

Der Eingang von der Straße her glich einem riesigen Hausflur; an der Schwelle verkaufte ein zusammengekauertes weibliches Wesen von vierzig oder hundert Jahren Erdnüsse und Pfefferminzbonbons, genau unter dem Plakat, das die Filme mit Tom Mix und Za la morte, mit Max Linder und Gennariello und als Abschluß «komische Kurzfilme» mit Fatty und Ridolini, mit Chaplin und Polidoro ankündigte. Von diesen heißgeliebten Komikern gab es jeweils eine Pappfigur in Lebensgröße, die, je nach Programm, am

Kassenhäuschen lehnte und ein handgeschriebenes Schild mit der verführerischen Einladung um den Hals trug: *Heute arbeite ich!*

Wo, weit hinter der Kasse, die Eingangshalle in einen langen Korridor mündete, von dem aus rechts drei Türen ins Parkett führten, saß auf einem Hocker neben der gerade nur einen Spalt breit geöffneten Sperre der «Kartenabreißer» mit geradezu verbotenem Handgelenk und wenig vertrauenerweckender Miene. Dieser Kartenabreißer, mit Namen Carlino, kannte seine Kinobesucher Mann für Mann, er sah so manches und drückte, wie ich später erfuhr, bei allem ein Auge oder auch alle beide zu, hatte weder Mund noch Ohren. Nur an die folgende unpopuläre Devise hielt er sich mit heroischer Unbeugsamkeit: «Jeder hat seine Eintrittskarte, andernfalls marsch!» Wenn ich mich jetzt erinnere: Dieses «marsch!» sagte er mit preußischer Strenge zu jedem, der sich ihm unrechtmäßig zu nähern versuchte. Nur weil er wirklich ein Ehrenmann war, konnte es uns an jenem Tag gelingen, ihn «dranzukriegen».

«Keine Angst, den Carlino kriegen wir dran», hatte Rossini zu mir gesagt, «du mußt nur entschlossen vorgehen. Er kennt dich als einen, der immer bezahlt hat, deshalb wird er nicht einmal den Hintern heben. Du gehst zuerst in Richtung Kasse und dann auf die Sperre zu, als hättest du eine Eintrittskarte in der Hand. In dem Augenblick stürzen wir los, und bevor er richtig weiß, wem von uns er nachlaufen soll, sind wir schon alle drin.»

XI

So kam es auch, nur daß ich der erste war, den Carlino schnappen konnte, nachdem meine fünf Kameraden wie eine Lawine hinter meinem Rükken durchgebrochen waren; ich allein bekam Carlinos ganze Wut, seine Beschimpfungen und eine kräftige Kopfnuß ab.

Die erlittene Schmach, daß ich nicht fähig gewesen war, wie die andern meine Haut zu retten, brachte mich fast zum Heulen; was für ein Straßenräuber war ich denn, wenn mir nicht einmal so etwas gelang? Als ich die Tränen in der Kehle spürte, stieg eine nie gekannte Wut in mir auf; außer mir bei dem Gedanken, daß ich den Film nicht sehen konnte und daß mich meine Freunde hinterher verspotten würden, rannte ich wie eine Furie zur Sperre zurück: Ich rempelte den livrierten Zerberus an, der nur lässig den Arm ausstreckte, enorm und unüberwindlich wie ein Gebirge, um mich abzuwehren. Nun vollends hysterisch, wiederholte ich meinen Angriff und erregte damit wohl Aufsehen: Leute versammelten sich um mich, andere blieben neugierig am Eingang stehen. Aber bei einem stolzen Jungen, wie ich es war, mußte der Zorn schließlich einem Gefühl der Scham, der verletzten Ehre weichen. Wütend auf mich selbst, so voller Selbsthaß, daß ich die Fensterscheibe der Weinhandlung neben dem Kino anspuckte, in der sich mein klägliches Gesicht spiegelte, trieb ich mich eine Weile in der Gegend herum. Meine Wut, die ich nicht hatte auslassen können, die erlittene Demütigung hatten mich in einen Zustand höchster Erregung versetzt; mechanisch ging ich die Via Pietrapiana auf und ab, ziellos und so verstört, daß ich unfähig war, irgendeinen klaren Gedanken zu fassen. Ohne zu wissen wie, stand ich schließlich wieder neben der zusammengekauerten Erdnußverkäuferin, als eine Männerstimme, die sich offenbar an mich wandte, mich wieder zur Besinnung brachte; und noch bevor ich die Person ansah, die mich da angesprochen hatte, wurde mir, als erwachte ich aus einem langen Schlaf, der Zustand völliger Verwirrung bewußt, in dem ich mich wer weiß wie lange befunden hatte – während die wild schrillende Klingel das Ende des Films und den Beginn der nächsten Vorstellung ankündigte.

«Was machst du denn da? Warum gehst du nicht hinein?» hatte die Stimme gefragt. Nachdem ich die Augen geöffnet, den Kopf gehoben und mich von dem Türpfosten gelöst hatte, der mich stützte, sah ich einen großen und gutgekleideten Herrn vor mir, der die Krempe seines grauen Hutes tief in die Stirn gezogen hatte und mit einem melancholischen, jungenhaften Blick seine Frage wiederholte:

«Was ist los mit dir?» Und angesichts meiner offensichtlichen Verstörtheit hörte ich ihn fortfahren: «Ist dir schlecht?» Ich verneinte, mir sei nicht schlecht, nur, ja, ich hätte eben kein Geld. «Na und?» Ich hatte gewiß ein ganz rotes Gesicht; ich fühlte, wie meine Wangen glühten, die Pupillen brannten wie von Rauch entzündet.

«Beruhige dich, mein Lieber», sagte mein neuer Freund. «Wir gehen jetzt zusammen in den Ridolini, ja?» Und so zog ich mit der Miene eines gekränkten Rächers an Carlino vorbei, ohne von ihm eines Blickes gewürdigt zu werden, und wäre es auch nur der Blick eines hochmütigen Besiegten gewesen.

Der Film hatte schon angefangen; wir setzten uns in eine der letzten Reihen. Mein Wohltäter war sehr freundlich, er bot mir etwas zu Rauchen an. Und so hartnäckig und verschlossen ich auch blieb, es muß ihm mit viel Taktgefühl und indem er seine Fragen mit Kommentaren zu dem Film verband, doch gelungen sein, mich aus der Reserve zu locken; bald darauf sprach er mich mit meinem Namen an und fragte, ob meine Wut denn nun verraucht sei und ob ich meine Absicht aufgegeben hätte, die drei Jungen, die sich glichen wie ein Wassertropfen dem anderen, der Reihe nach zu verprügeln, sobald ich sie nur einzeln erwischte. Während der Pausen hielt ich im Publikum vergebens nach meinen Freunden Ausschau, aber auch davon brachte mich dieser Herr ab und bat mich, doch auf meinem Platz sitzen zu bleiben: «Keine Sorge, heute abend siehst du sie wieder», sagte er.

Nach der Vorstellung verließen wir gemeinsam das Kino; er lud mich ein, ihn in ein Café zu begleiten, um eine Orangeade zu trinken, und sagte, daß wir uns noch öfter sehen würden.

«Ich gehe oft in dieses Kino», sagte er. «Ich könnte ja dein Vater sein, aber ich bin eigentlich immer noch ein Junge, findest du nicht?» Ich bejahte lächelnd, und diese Antwort schien ihm zu gefallen; er schnippte leicht an meine Wange und sagte: «So bist du nett. Vorhin warst du ja zum Fürchten mit deiner Miene wie ein Besessener.»

Wir hatten das Café verlassen und verabschiedeten uns, als er noch sagte: «Hier, die kannst du vielleicht brauchen.»

Ehe ich mich's versah, hatte ich einen Zehnlireschein in der Hand, und noch bevor ich diese unerwartete Wende richtig begriffen und ihm wenigstens gedankt hatte, war der Herr schon um die Straßenecke verschwunden. Im gleichen Augenblick hörte ich in meinem Rücken Rossini fragen: «Wieviel?» Foffo, Gino, Giordano und der Chicchirilla waren auch da.

Daran merkte ich, daß man, um ein wahrer Straßenräuber zu werden, vor allem eine gute Nase haben muß.

XII

An jenem Abend ging ich nicht nach Hause, ich vergaß, daß ich eine Familie hatte. Ich weiß noch, daß wir mit meinen zehn Lire in einer Rosticceria eine große Tüte Frittiertes, in einem Bäckerladen Brot, bei einem Gemüsehändler Trauben und Feigen und schließlich «Popolari»-Zigaretten kauften: Zu sechst auf den Stufen von Santa Croce sitzend, verzehrten wir das schönste Abendessen meiner ganzen Jugendzeit. Wir tranken Wasser aus dem Straßenbrunnen gegenüber der Via dell'Anguillara; Foffo berichtete von einem Verbrechen, über das er in der Zeitung gelesen hatte; der Chicchirilla gestand, daß er sich verliebt habe; Gino und Giordano erzählten von einem gewissen Haus, in das sie, unter einer Gruppe junger Männer, zum erstenmal hineingekommen waren, und berichteten Wunderdinge davon; dann fiel Rossini ein Feinkosthändler ein, der auf dem Gehsteig weit draußen vor seinem Laden eine Kiste mit Ölsardinendosen auszustellen pflegte: Wir beschlossen, uns der Sache am nächsten Tag anzunehmen.

Zu einer bestimmten Zeit verließ ich meine Freunde, die vorhatten, sich die *Tollen Sommernächte* anzusehen, ein Freilichtvarieté, für das der Chicchirilla gefälschte Eintrittskarten besaß. Foffo sagte zu mir: «Ich weiß, wohin du gehst. Es ist mir auch egal. Ich habe dich gewarnt, aber dir ist ja nicht zu helfen.» Doch ich war ja jetzt ein Straßenräuber, und davon wußte Olga noch nichts. Olga! Eine blonde Göre, von der ich ein Bild in meinem Herzen bewahre, auf dem sie grün und blau gekleidet ist: ein über der linken Hüfte geknöpftes Röckchen, nur bis zum Knie, blau, wie gesagt, und grün die Bluse mit den Perlmuttknöpfen. Ich sagte ihr viel Unsinniges an jenem Abend: Ich sagte ihr, daß ich kein Duckmäuser sei; und daß sie recht habe, *Sandokans Rache* sei wirklich ein schlechtes Buch; ich sagte ihr auch, daß Clara eine blöde Ziege sei und ich nur sie, Olga, liebe, aber unter einer Bedingung: daß sie mit mir an den Arno komme, gegenüber vom *Omero*-Bad, wohin die Verliebten gingen.

Was es für mich bedeutet hat, Olga an jenem denkwürdigen Abend am Flußufer zu küssen, wieviel Schönes ich mit ihr erlebt und wieviel ich um sie gelitten habe, das erzähle ich ein anderes Mal.

(Herbst 1936)

VIA DE' MAGAZZINI

für Sandro Parronchi

Erster Teil

Die Menschen voneinander zu unterscheiden, habe ich gelernt, indem ich durch die Stäbe eines Geländers vor dem Fenster in einen Soldatenschlafsaal schaute. Die Schule gegenüber unserem Haus war in eine Kaserne umgewandelt worden, und da die Straße – eine der mittelalterlichen Florentiner Straßen, die wie Inseln der Stille im Stadtzentrum liegen – eng war und die einander gegenüberstehenden Häuser sich, je mehr sie sich nach oben reckten, als ob sie den Himmel berühren wollten, einander zuzuneigen schienen, wurden der dritte Stock unseres Hauses und der der Schule fast zu einer einzigen Wohnung: Wenn man gewollt hätte, hätte man mühelos von einem Zimmer ins andere gehen können. Die Mama und die Großmutter, die morgens im Haus zu tun hatten, stellten mich ans Fenster, dessen Geländer hoch und unübersteigbar war, und sagten: «Schau den Soldaten zu und sei brav.» Von meinem Beobachtungsposten aus sah ich einen Teil des Schlafsaals, in dem Soldaten kamen und gingen, sich auf die Feldbetten setzten, Karten spielten, aus glänzenden Blechnäpfen aßen und sich mit lauter Stimme in unbekannten Dialekten unterhielten. Sie schienen mir anders als die Soldaten, die ich auf der Straße zu sehen bekam, und ich hielt sie für Soldaten, die eine Strafe abzubüßen hatten; ich hoffte, sie bei irgendwelchen Akten von Rebellion zu überraschen, doch vergeblich. Hin und wieder zeigte sich einer am Fenster, um auf die Straße zu schauen, und zog sich unter den Rufen der Kameraden gleich wieder zurück. Es konnte nicht ausbleiben, daß ich hinter meinem Geländer entdeckt wurde, und die Soldaten liefen von allen Seiten des Schlafsaales zum Fenster, als wollten sie sich für eine Fotografie aufstellen. Sie legten sich die Hände auf die Schultern, redeten alle auf einmal und riefen einander her: «Da ist das Kind!» sagte einer; und dann ein anderer: «So früh schon?» Auch dieser erschien in der Fensteröffnung. Ich erinnere mich, daß sie mir jeden Tag die gleichen Fragen stellten, ich aber freute mich darüber wie über einen außergewöhnlichen Zeitvertreib. Sie forderten mich auf, ein Lied zu singen; da es sich jedoch um ein etwas unanständiges Lied handelte, vergewisserte ich mich erst, ob die Mama und die Großmutter auch tatsächlich in der Küche waren, ehe ich ihren Wunsch erfüllte. Meine Kühnheit wurde mit ausgelassenem Applaus belohnt, und zum Dank warfen die Soldaten aus dem Schlafsaal Bonbontüten zu mir herüber, von denen ich glaubte, daß sie sie eigens für mich besorgten. Es kam auch vor, daß die Mama mich beim Singen erwischte und dann tadelnd an der Hand in die Wohnung zurückzog. Aber Rufe vom Fenster: «Es lebe die Signora!» ließen sie ans Geländer zurückkehren. Ich verdanke es meinen Freunden, den Soldaten, wenn ich mich daran erinnern kann, die Mama lächeln gesehen zu haben. «Was bringt ihr ihm denn für Sachen bei!» Ihr blasses Gesicht, das lange, schwarze, aufgebundene Haar, die schwarzgrünen Augen, die immer einen erstaunten Ausdruck hatten – ihr ganzer Körper, für gewöhnlich wie in Erwartung eingehüllt, ihre natürliche Haltung einer jungen und müden Frau löste sich aus der gewohnten Starre, in der es, glaube ich, unmöglich gewesen wäre, sie zu einem Entschluß oder zu einem Akt spontaner Herzlichkeit zu bewegen. Es war, als ob sich die Mama für einen Augenblick von einer Gewohnheit befreien könnte, die ihr zur zweiten Natur geworden war, um sich in einem neuen Licht zu zeigen: als ob die fröhlichen Stimmen und die Gesichter von Soldaten, jung wie sie oder wenig älter, um die zwanzig herum, die Mama vom Grund eines Bassins, in dem sie ausgestreckt auf dem Rücken lag, emporsteigen ließen und ihre Kleider sich dabei wie eine Aura um sie bauschten. Ähnlich dem Kräuseln des Wassers zeichnete sich auf ihrem Gesicht ein Lächeln ab, und ihr Körper verriet eine Bewegung, die ihr selbst unbewußt war oder die sie vergessen hatte. Die Soldaten sprachen lange mit der Mama, und ich wurde vernachlässigt; sie zwangen sie, mich auf den Arm zu nehmen, und ihr Lächeln war für mich eine große

Freude. Später baten einige, die vermutlich Ausgangssperre hatten, die Mama, ihnen Zigaretten, Postkarten, Zeitungen und was weiß ich noch zu besorgen. Vor und nach den Einkäufen, die die Mama erledigte, wenn sie auf den Markt ging, flogen das Geld, die Zigaretten, die Zeitungen (die gerollt und mit einer Schnur zusammengebunden waren, damit man sie leichter über die Straße werfen konnte) von einem Fenster zum andern. Nach und nach lernte ich, die Soldaten voneinander zu unterscheiden. Manchmal, wenn sie mich morgens nicht gleich hinter dem Geländer entdeckten, rief ich sie mit Namen, die ich vielleicht nicht immer richtig aussprach; oder ich stieg auf einen Stuhl, steckte den Kopf durch die Stäbe und schrie: «Mensuali» oder «Palanti» oder «Celentano» oder «Nigri». Besser als alle anderen jedoch kannte ich Cadorin, er war dick und blond und konnte die Vogelstimmen nachmachen. Und wenn schließlich irgendeiner abreiste, führte ich die Hand an die Lippen, drückte einen Kuß darauf und blies dann über die Handfläche, damit der Kuß ihn auch ja erreiche. Auch das hatte mir einer von ihnen beigebracht. Der Mama versprachen sie zu schreiben und nahmen ihr das Versprechen ab zu antworten: Alle ließ die Mama die Nummer der Einheit aufschreiben, der der Papa, ebenfalls Infanterist und bereits an der Front, angehörte, für den Fall, daß sie ihn treffen sollten. «Sagt ihm, daß es uns gutgeht, daß das Kind gedeiht und daß wir ihm schreiben.» Am Morgen danach zogen neue Freunde im Schlafsaal ein.

Zwei Kriegsjahre gingen dahin, und die Zahl meiner Freunde war stark angewachsen; manchem, der nach Monaten zurückkam, tat es leid, wenn ich ihn nicht wiedererkannte. Aber sie wurden immer trauriger, meine Soldatenfreunde; der eine oder andere schrieb tatsächlich an die Mama, wie er es versprochen hatte, und berichtete, daß Mensuali tot, daß Celentano verwundet sei. Die Großmutter versuchte, sich genau an die Verwundeten oder Toten zu erinnern, und drängte auch die Mama, ihrer zu gedenken. Die Mama wurde immer geistesabwesender und zerstreuter und erwiderte dann: «Ja, ich erinnere mich, gewiß.» Sie wartete jeden Tag auf Post vom Papa, und wenn ein Brief kam, las sie ihn nervös ein- oder zweimal, und allein in ihrem Zimmer las sie ihn vielleicht noch ein drittesmal; dann kam sie ins Wohnzimmer zurück, warf den Brief auf den Tisch und sagte: «Er hat geschrieben», aber sie weinte nicht. Vom Fenster des Schlafsaals warfen die neuen Freunde jetzt Kommißbrot und Fleischbüchsen zu uns herüber, und es war die Großmutter, die die Gaben in Empfang nahm. «Kocht dem Kind eine Suppe», sagten die Soldaten, «keine Angst, wir haben genug davon!»

(Zwei Jahre zählen im Leben eines Kindes, es ist gewachsen und beginnt zu begreifen. Es weiß tatsächlich, was Krieg ist, es hat gelernt, ohne vieles auszukommen, was ihm früher Freude gemacht hatte. Die Mama geht morgens nicht mehr einkaufen, jetzt ist es die Großmutter, die früh aufsteht, um sich in der Schlange anzustellen.

Und eines Tages, nachdem die Großmutter vom Balkon mit einem der Soldaten von gegenüber gesprochen hat, wird dem Kind – und nun handelt es sich nicht mehr um einen außergewöhnlichen Zeitvertreib – ein Steinguttopf in die Hand gedrückt, und es weiß sofort, was es zu tun hat: Es geht die Treppe hinunter, über die Straße, stellt sich mit anderen Kindern und Frauen vor dem Tor der Kasernen-Schule auf der der Wache gegenüberliegenden Seite an und wartet. Da erscheint einer seiner Soldatenfreunde, führt es aus der Schlange heraus, nimmt ihm den Topf aus der Hand, entfernt sich, und als er zurückkommt, ist der Topf mit einer dicken, kräftig riechenden Suppe gefüllt. Jemand in der Schlange protestiert und sagt: «Ist der Junge vielleicht was Besonderes?», und ein anderer antwortet: «Er hat eben eine hübsche Mutter! Das ist es!» Die Mama bleibt in ihrem Zimmer; sie ist krank gewesen, die Mama, doch abends kommt sie ins Wohnzimmer und sagt zur Großmutter: «Mit oder ohne Fieber, morgen gehe ich wieder in die Werkstatt!»)

Jetzt kniete ich oft viele Stunden auf einem Stuhl, um vom Balkon das Kommen und Gehen der Soldaten auf der Straße zu verfolgen und zu bestimmten Stunden die Schlange der Armen zu beobachten, die ebenfalls auf eine Essensration als Almosen warteten. Soldaten betraten den Schlafsaal und verschwanden wieder; irgendeiner blieb am Fenster stehen, winkte kurz zu mir herüber oder fragte: «Wie geht's heute?» oder: «Hat der Papa geschrieben?» oder auch: «Gehst du schon zur Schule?» und andere Fragen, die nur ein Ja oder Nein als Antwort erforderten. Ich war jetzt zwei Jahre älter und genierte mich, ihm zu sagen, daß ich ein etwas unanständiges Lied wisse, oder zu fragen, ob er die Vogelstimmen nachmachen könne. Nicht, daß mir das alles keinen Spaß mehr gemacht hätte, doch ich fühlte, daß ich enttäuscht worden wäre, wenn ich gefragt hätte. Eines Tages war Cadorin wieder da; er kam zu uns in die Wohnung, erzählte viel vom Krieg und blieb zum Abendessen. Er sagte, daß sie nur auf dem Durchmarsch seien und er noch in derselben Nacht wieder weitermüsse. Er war sehr abgemagert und kam mir so schöner vor. Er sagte auch, daß er nach dem Papa gesucht und ihn in einem bestimmten Dorf nur um wenige Stunden verpaßt habe, weil Papas Regiment an die Front abkommandiert worden sei. Ihm zu Ehren wurde die Petroleumlampe wieder angezündet, die in der Mitte des Wohnzimmers hing, und für einen Augenblick erschien mir unsere Wohnung anders als die, die ich sonst abends zu sehen gewohnt war. Ich sagte: «Schaut nur, man kann die Farben auch am Abend erkennen», und es war mir, als hätte ich eine wichtige Entdeckung gemacht. Wir aßen im Wohnzimmer am runden Tisch unter der Petroleumlampe, deren Höhe man mittels eines Kettchens nach Belieben verstellen konnte. Cadorin saß zwischen mir und der Mama. Sie versuchte immer noch zu lächeln, aber ihr Lächeln war wie das eines Kranken, der um seine Krankheit weiß und versucht, seinen Lieben vorzumachen, es sei nichts; und zugleich war es ein Lächeln voll Mitleid und Erbarmen für die anderen, das Lächeln eines Menschen, der gelitten und gelitten hat, ohne zu verzweifeln. Die Großmutter ging zwischen Wohnzimmer und Küche hin und her, und als sie gerade wieder einmal in der Küche war, sagte der Soldat zur Mama: «Warum haben Sie mir nicht geantwortet?» Die Mama zögerte, die Finger auf dem Besteck, und als sie den Blick hob, sagte sie: «Weil es nichts zu antworten gab», und sie lächelte auf die ihr eigene Weise. Als die Großmutter noch einmal aufstand, um eine Schüssel zu holen, meinte Cadorin: «Der Krieg spielt uns manchmal solche Streiche. Dort draußen denkt man ständig an das gleiche. Und wenn man in den Augen der anderen womöglich noch zum Helden wird, fühlt man sich im Innern erbärmlicher denn je. Aber es genügt ein Nichts, um uns aufzuwecken.»

Während Mamas Krankheit wurde ich zu Verwandten an der Peripherie geschickt, die seit kurzem eine Wohnung in einem der dem Staat gehörenden Häuser gemietet hatten. Es handelte sich um eine der ersten Anlagen dieser Art, die vor dem Krieg entworfen und während der ersten beiden Kriegsjahre fertiggestellt worden waren: zwei große Wohnblocks, getrennt durch einen Eingangshof, vor dem sich das gemeinschaftliche Waschhaus befand. Den Wohnungen gegenüber lag eine Reihe kleiner Gärten, die durch einen Drahtzaun voneinander getrennt und für die

Mieter bestimmt waren. Es waren gepflegte Gärten, wie es sich gehörte, denn es herrschte ein stillschweigender Wettbewerb unter den Amateurgärtnern. Sie zogen Tomaten, Salat und Zucchini, und eine Ecke war den Blumen vorbehalten. Im Garten des Onkels blühten im Herbst ein paar gelbe Chrysanthemen. In den Blocks lebten etwa hundert Familien. Die Wohnung des Onkels befand sich im letzten Stockwerk des äußersten rechten Flügels; von der Terrasse sah man auf die Gärten, von den Fenstern des Wohnzimmers auf den Mugnone, die Schlafzimmer dagegen gingen auf die noch mit Schotter bedeckte Straße, auf deren anderer Seite noch keine Häuser standen. In der Ferne sah man von Zeit zu Zeit die einzige Straßenbahn vorbeifahren, die bis zum Schlachthofviertel ging. Neben dem Schlachthof war eine Unterführung. In allen Wohnungen gab es Kinder, und ich traf mit ihnen auf dem Gartenweg und auf der Straße zusammen. In der Welt war immer noch Krieg, und bei jedem von uns gab es einen Mann an der Front, den sie uns zu Hause auf den Fotos zeigten, damit wir lernten, ihn liebzuhaben. Ich fand dort meine ersten Freunde, die Mario, Renzo, Vanda, Corinna und Gualtiero hießen. Ein anderer, der sich damals eng an uns angeschlossen hatte, hieß Giulio. Er war ein dunkelhaariger und sehr schmächtiger Junge von, glaube ich, acht Jahren, der eines Tages nicht mehr herunter auf die Straße und in die Gärten kam: Wir haben ihn dann ungefähr einen Monat später auf den Armen seiner Mutter gesehen, eingezwängt in einen weißen Panzer, den Hals gestreckt, die schwarzen Haare in der Stirn. Ich weiß nicht, wie wir ihn hatten vergessen können. Vanda und Corinna ließen, allen mütterlichen Ermahnungen zum Trotz, die Mädchen links liegen und spielten mit uns Buben. Und eines Morgens heiratete ich Vanda: Sie trug ein weißgepunktetes rotes Schürzchen und auf dem dunklen Haarschopf eine hellblaue Schmetterlingsschleife. Wir richteten uns in einer Erdkuhle neben der Straße eine Wohnung ein, und oft aßen wir – von Blechgeschirr und mit ebensolchem Besteck vom Jahrmarkt – Grashalme als Spaghetti und weiße Steine als Fleischklößchen sowie echtes Brot und echtes Obst, das wir von daheim mitbrachten. Corinna und Gualtiero, die sich ihr Nest auf einer Bank an der Hausmauer eingerichtet hatten, statteten uns zehnmal in der Stunde einen Besuch ab, während die anderen Freunde, die Soldaten waren, das Gelände durchstreiften und über unser Glück wachten. Die Frauen blieben jedoch oft allein, und wir vier Buben stürmten an die Ufer des Mugnone, etwas Bestimmtem und zugleich Unerreichbarem entgegen. An den Sommerabenden saßen der Onkel, die Kusinen und ich am Fluß, in dem man ohne Angst waten konnte; ich jagte den Glühwürmchen nach, die zu Hunderten flimmerten, wie bei einem Fest, legte sie in ein Taschentuch, und sobald ich zu Hause war, stülpte ich auf dem Nachttisch ein Glas über sie. Am nächsten Morgen fand ich dann – wie es der Brauch wollte – neben ihren armen erloschenen Leibern ein paar Münzen. Um die Glühwürmchen einzufangen, liefen wir ihnen mit ausgestreckten Händen entgegen und sangen:

Lucciola lucciola vien da me
ti darò il pan del re,
il pan del re della regina
lucciola lucciola fiorentina...

(Glühwürmchen, Glühwürmchen,
komm zu mir,
des Königs Brot, das geb' ich dir,
des Königs und der Königin Brot,
Glühwürmchen, Glühwürmchen aus
Florenz...)

Und wir schlossen die Hand um einen Tropfen Licht, der gerade in der Luft aufgeflammt war.

Wir bewohnten vier Räume: ein Wohnzimmer, die Küche und zwei Schlafzimmer; in dem einen schlief der Onkel allein in seinem Witwerbett und im anderen, dem größeren, die drei Mädchen und ich. Ich schlief bei Abe, die einen ganz weißen Hals hatte und immer kalte Füße, auch im Sommer; und die Schwestern, die im danebenstehenden Bett lagen, spotteten, wenn sie sie zum Wärmen zwischen meine Schenkel steckte und sich zusammenkauerte, bis sie gerade so lang war wie ich. Es war eine «moderne» Wohnung, und dies wurde in den Gesprächen der Schwestern immer betont; am Abend meiner Ankunft staunte ich über das Klosett mit Wasserspülung, von dem die Großmutter in unserer Wohnung in der Stadt wie von einem Luxusobjekt und einem Wunderwerk redete. Es gab auch einen Gasherd, etwas, das ich noch nicht kannte. Und im Wohnzimmer, das lange Zeit mein Wunderreich war, stand ein Grammophon mit einem Trichter, innen golden und außen himmelblau, wie lackiert. Nachmittags, besonders jedoch an den Sonntagnachmittagen, war das Grammophon der Deus ex machina des Hauses: Die Menschen und sogar die Dinge schienen sich darum zu bewegen, so groß war die Erregung, in die die heisere Stimme, die fast an die eines in einer Höhle verirrten Kindes erinnerte, die Mädchen versetzte. Auf einer Konsole war eine Weihnachtskrippe aufgebaut, mit Felsen, Hirten, Wasser- und Brotträgerinnen, Schafen und Kamelen, die Heiligen Drei Könige anbetend vor der neben einer Hütte versammelten Heiligen Familie, und auch Ochs, Esel und Krippe fehlten nicht. Nur das Jesuskind wirkte etwas künstlich: so nackt und rosig, daß man sofort an Zelluloid dachte. Den Hintergrund bildete ein blauer Himmel mit dem Kometen. Außerdem gab es im Wohnzimmer einen Schaukelstuhl, der fröhlich auf und nieder wippte. Das Kinderklavier mit den zwei Oktaven stand in einer Ecke am Fenster; und überall, auf Möbeln und Stühlen und auf dem Klavier, Püppchen: fünf, sechs, zehn, aus Stoff und aus Porzellan, als Bäuerinnen, als Soldaten, Apachen und Neapolitaner gekleidet. Auf dem Grammophontrichter saß rittlings eine noch kleinere Puppe mit Haaren aus Hanf und dem Röckchen einer Tänzerin. Eine Anzahl Wollknäuel lagen herum, und mitten im Zimmer stand ein runder Tisch, mit den schwarzen und weißen Vierecken für das Damespiel in der Mitte.

Ich war an die Düsternis meiner Wohnung in der Stadt gewöhnt, an unsere Zimmer mit dem Alkoven hinter den schweren grünen Vorhängen, an unsere Möbel, die mit den Großeltern alt geworden waren, an unsere rußige Küche, zu der man im tiefsten Dunkel fünf Stufen hinabsteigen mußte. Das fahle Licht aus der Toilette mit ihrem gelben Marmor, dem Strohkranz an der Wand und dem einzigen Wasseranschluß der Wohnung erhellte die Küche tagsüber; abends wurde die tragbare Petroleumlampe angezündet, die die Großmutter auf den Herd stellte. (Ach Großmutter, wie viele Zylinder sind durch die Hitze des Feuers zersprungen, und du hast sie wieder zusammengekittet; und dann gingen wir neue kaufen, in jenem langen, phantastischen Laden auf dem Corso mit seinen nicht enden wollenden Schaufenstern voller Lampen aus bemaltem und durchsichtigem Glas.) Der Docht bekam immer weniger Petroleum, und die Flamme stieg noch einmal hoch, als wolle sie sich, ehe sie zur Ruhe ging, betrübt vom Hinschwinden des Tages überzeugen.

Der einzige helle Raum war das Schlafzimmer der Mama. Während jener Kriegsjahre (die Menschheit war kriegsmüde und wie betäubt, in den Augen der Erwachsenen lag ein Schmerz, den wir Kinder nicht verstanden; wir wurden mehr und mehr vernachlässigt und uns selbst überlassen und wegen jeder Kleinigkeit fast haßerfüllt von denen zurechtgewiesen, die wir am meisten liebten; wir hörten sie sagen: «Jetzt oder nie!» «Jetzt oder es ist aus!»), während jener Kriegsjahre, genauer der letzten Kriegsmonate, starb die Mama in ihrem Ehebett. Der Papa war im Krieg, und wenn die Großmutter mit ihren ständig geröteten Augen, in denen ich im Dunkel der Wohnung nicht mehr ihre Pupillen, sondern zwei rote Flecken wahrnahm, irgendwelche Freundinnen zur Tür begleitete, hörte ich über die Mama sagen: «Ja, die Schwangerschaft setzt ihr zu, hoffentlich bekommt sie nicht noch die Spanische Grippe, die Ärmste.» Doch nie eine Träne, einen Augenblick der Schwäche, ein Weinen – das, worauf ich wartete, um ihr zu sagen, daß ich es wußte: daß die Mama an dem Kind starb, das zur Welt kommen sollte. Ich sah die Mama nur wenige Minuten am Tag, morgens, um ihr einen guten Tag zu wünschen, und abends, um ihr gute Nacht zu sagen. Ich fand sie fast immer in ihrem Ehebett sitzend, und ihr langes schwarzes Haar breitete sich über die Kissen, die sie stützten. Oft rückte sie zum Bettrand, um mich zu streicheln, und küßte mich auf die Stirn. Und unter meinen Lippen war ihre Wange kalt und matt. Wenn die Großmutter und ich im Schlafzimmer blieben und die Großmutter versuchte, sie für meinen Tag zu interessieren, drehte die Mama sich auf die Seite und kehrte mir den Rücken zu, um so die Wölbung des Leibes unter den Decken zu verbergen (auf den zu schauen ich mir streng verbot, mit aller Kraft die Faszination unterdrückend, die er auf mich ausübte), und sagte gelangweilt und auf seltsam flehende Weise: «Ja, ja, Mutter, aber bring ihn weg!»

Eines Morgens fanden wir die Mama am Fenster sitzen. Die Großmutter war um sie besorgt, aber sie sagte: «Es geht mir besser heute morgen. Laß mir das Kind, während du einkaufen gehst!» Sie sagte mir, ich solle mich auf den Teppich zu ihren Füßen setzen. Sie selbst saß in der Ecke und schaute durch die Scheiben des Balkonfensters, das den Blick auf ein Stück Himmel, die gegenüberliegende Kasernen-Schule und oben zwischen den Fassaden auf die Drähte der elektrischen Lichtleitungen freigab. Da saß sie, und der weite, weiße Morgenrock, über dem ihr blasses Gesicht grünlich schimmerte und etwas Kreolisches bekam, lag wie eine Drapierung um sie: Hell und unkörperlich war das Gesicht und doch voll ungelöster und bezwungener Gefühle – wie bei gewissen Statuen, an denen Zeit und Licht ihr Werk getan haben. Sie hatte lange, blutleere Hände mit kaum sichtbaren Knochen und tropfenförmigen, erloschenen Nägeln, so wie ein Diamant erloschen sein kann. Sie wandte mir den Blick zu und sagte: «Warum siehst du mir so ähnlich?» Und dann: «Warum bist du nur blond?» Ich wußte darauf nichts zu antworten und sagte: «Ich weiß es nicht.» Lange Zeit herrschte Stille; auf der Straße fuhr ein Pferdekarren vorbei, man hörte das Rufen eines Lumpensammlers, eine Gruppe singender Soldaten. Die Mama fragte: «Hat man dir gesagt, daß du ein Brüderchen bekommst? Wirst du es liebhaben?» Und als ich nicht antwortete, sagte sie: «Hab es nicht lieb, ich hab' es auch nicht lieb.» Zwischen der Mutter und ihrem Kind war es zu einer absurden Komplizenschaft gekommen, die dem Kind angst machte. Die Mama strich mir über die Haare: «Aber sie werden immer dunkler. Vielleicht macht die Großmutter sie naß, wenn sie dich kämmt.» Es war ein Frühlingstag, auf dem Balkon kam und ging die Sonne, und ab und zu schien sie auf den Leib der Mama. Hinter uns tauchte das Schlafzimmer aus dem Dunkel auf, das Bett, die Spiegelkommode; und hinter den schweren grünen Vorhängen des Alkovens ahnte ich mein Bettchen, in dem ich nun seit einigen Monaten nicht mehr schlief. Ich schlief bei den Großeltern im Alkoven des anderen Zimmers, des Wohnzimmers. Die Mama fragte: «Worüber sprechen die Großeltern abends? Sagen sie, daß ich sterben muß?» Ich fürchtete mich immer mehr, ich weiß nicht wovor, vielleicht vor der Mama, deren Augen hart und entrückt, schwarz und grün waren und auf die Leitungsdrähte starrten. Jedesmal, wenn ein Sonnenstrahl über den Leib der Mama glitt, um dann wieder hinter der nächsten Wolke zu verschwinden, lief mir ein kalter Schauer über den Rücken; wenn ich zerstreut mit der Hand den Fußboden berührte, neben dem Teppich, auf dem ich saß, fühlte ich erneut eine Welle von Kälte in mir aufsteigen, vom Leib bis zu den Schultern und ans Herz. Schließlich befahl mir die Mama, mich auf ihren Schoß zu setzen, und auch ich schaute jetzt zur Straße; mit einem Arm umschlang sie meinen Körper und sagte: «Siehst du den Himmel da oben? Wenn ich tot bin, werde ich genau in diesem Stück Himmel dort oben sein und auf dich herabsehen.» Da bemerkte ich zum erstenmal und dann nie wieder, daß sie weinte. Sie weinte, als ob sie redete, und ihre Tränen waren wie ihre Stimme: langsam, verzweifelt, doch ohne Heftigkeit. Und als sie unter Tränen sprach, war ihre Stimme noch immer klar und selbstvergessen: «Du mußt groß und stark werden. Du sollst nicht an deine Mama denken», sagte sie. Und in diesem Moment hatte ich keine Angst mehr; ich umarmte meine Mama und drückte sacht einen Kuß nach dem anderen auf die Spitzen des Morgenrocks über der Brust.

Eines Morgens, als die Großmutter und ich ihr Zimmer betraten, um ihr das Frühstück zu bringen, fanden wir sie ohnmächtig auf dem Boden. Die Großmutter gab mir das Tablett mit dem Frühstück, beugte sich über die Mama und hob sie mühsam wieder aufs Bett. Das Gesicht der Mama war blau angelaufen, die Augen geschlossen. Ich, der verängstigt und keiner Bewegung fähig mit dem Frühstückstablett in den Händen am Fuß des Bettes stehengeblieben war, sah den nach hinten gestreckten Hals, den riesigen Bauch, die sich immer stürmischer hebende Brust, während die Großmutter ihr die Schläfen rieb und sie langsam wieder zur Besinnung kam. Dann folgte der Tag, an dem sie mit uns im Wohnzimmer zu Mittag aß;

sie trug das braune Kostüm mit der Dreiviertel-jacke, die offen war, sie hatte sich das Haar geflochten und hinten hochgesteckt, schien sogar fröhlich zu sein und spielte mit dem Gedanken, auszugehen. Die Großmutter hatte den Tisch kaum abgedeckt, als die Mama über Schüttelfrost klagte; sie schleppte sich zum Balkon in die Sonne, hatte jedoch nicht die Kraft, sich auf den Beinen zu halten. Sie kehrte zurück ins Bett, von dem sie sich nie wieder erheben sollte: die schwierige Entbindung, das totgeborene Kind, die Schmerzen in der Brust und schließlich ein noch stärkerer Anfall der Spanischen Grippe, der den Ausschlag geben sollte, der Fieberwahn, in dem sie verzweifelt nach meinem Vater und nach mir rief, der Tod. Aber schon an jenem Tag war beschlossen worden, daß ich zu dem Onkel und zu den Kusinen in das Haus an der Peripherie ziehen sollte.

(Ich weiß, daß meine Amme in den Bergen lebte, in einem abgelegenen Apenninendorf, das Rincine hieß. Das Schicksal hatte mir eine wenig gewissenhafte Nährmutter beschert, deren Mann ebenfalls im Krieg war und die den Letztgeborenen von sechs Kindern aufzuziehen hatte, mit dem ich ihre Milch teilte. Sie mußte das kleine Stückchen Land besorgen, damit es nicht verkam. Eines Nachts träumte die Mama, sie sei dort hingegangen, um mich zu besuchen, und habe mich in dem Bauernhaus allein und weinend, abgemagert und fiebernd in einem verdreckten Bett vorgefunden, in dem ich in meinen Exkrementen lag. Der Traum verfolgte sie noch nach dem Erwachen, sie erzählte ihn der Großmutter, und die beiden beschlossen, noch am selben Morgen in das Apenninendorf aufzubrechen. Das Haus meiner Amme war ungefähr zehn Kilometer von der Bahnstation entfernt, und man mußte die halbe Wegstrecke auf einem Saumpfad zurücklegen. Je näher sie dem Haus kamen, desto unruhiger wurde die Mama, und der Traum erschien ihr immer wirklicher. Die Großmutter hatte Mühe, ihr zu folgen, und auf dem letzten Stück ließ die Mama sie hinter sich und eilte allein auf das Haus zu. Die Großmutter hatte sich nach einer kurzen Ruhepause am Rand des Saumpfades kaum wieder auf den Weg gemacht, als sie die Mama zurückkommen sah, das Kind auf dem Arm, das sie, wie sie berichtete, unbeaufsichtigt, schmutzig und völlig verängstigt vorgefunden habe, so wie sie es geträumt hatte. Sie hatte mich einfach mitgenommen und jagte die Amme, die ihr übers Feld entgegenkam, mit Steinwürfen zurück. Der Arzt in der Stadt bezeichnete meinen Zustand als besorgniserregend. Wenige Tage danach erhielt der Papa den Einberufungsbefehl, ich lag mit Eis auf dem Kopf und auf dem Leib da, die Mama stand wie versteinert gegen die Tür gelehnt, und die Großmutter weinte auf einem Stuhl neben meinem Bett. Es war eine schmerzliche Szene, die von den armen Wesen, denen ich mein Leben verdankte, erlebt und durchlitten wurde; sie markierte – wie der Riß in einem Staudamm, wie der erste Stein, der vom Berggipfel hinunterrollt und eine Lawine auslöst – genau den Moment, in dem unsere Familie anfing auseinanderzubrechen. Der Großvater legte den Arm um Papas Schultern und begleitete ihn zum Bezirkskommando. Die Mama mußte wieder die Leitung der Schneiderwerkstatt übernehmen, die sie erst vor wenigen Monaten aufgegeben hatte, als der Vater eine bessere Stelle bekam. Sie kümmerte sich nicht mehr um mich und überließ mich ganz der Großmutter. Es ist der unermüdlichen Pflege der Großmutter zu verdanken, daß ich dem Leben zurückgegeben wurde. Als Zweijähriger war ich zart und kraftlos wie ein Neugeborenes. Mit jener ebenso zähen und hartnäckigen wie verzweifelten Ausdauer, die ich in ihrer späteren Zuneigung entdecken sollte, pflegte sie mich Tag und Nacht: Sie bettete mich auf einen Holztisch, um meine Knochen zu stärken; sie massierte meinen ganzen Körper mit Wein: sie nahm Wein in den Mund und ließ ihn langsam über meine Glieder fließen und rieb sie damit ab. Von da an, als ich eigentlich hätte beginnen müssen, meine Mutter zu erkennen, «Mama» zu ihr zu sagen und ihr zuzulächeln, datiert ihre Abneigung, ihre verzweifelte und unterdrückte Liebe zu mir: von Papas Abschied und meiner Genesung an. In den Jahren danach, bis zu ihrem Tod, an dessen Vorabend ihr träumte, sie würde mich töten, damit keine andere Frau ihre Mutterrechte für sich in Anspruch nehmen könnte, waren meine Beziehungen zur Mama von Höflichkeit und Respekt gekennzeichnet. Ich schlief im Bett hinter dem Alkoven, und lange Zeit hörte ich vor dem Einschlafen, wie sie sich jenseits der grünen Vorhänge hin und her warf, seufzte und Worte vor sich hin sprach, die nicht bis zu mir drangen; wenn ich mich im Bett aufsetzte, sah ich unter den Vorhängen einen Lichtstreifen schimmern; oft hörte ich sie im Zimmer umhergehen, Schubladen öffnen, sich auf einen Stuhl setzen, nachts an den Balkon treten. Morgens, wenn die Großmutter kam, um mich zu wecken, hatte sie das Haus bereits verlassen. Dann kamen die Zeit des Krieges, die harten Kriegsjahre, die Zeit der Kaserne, die Besuche der Mama beim Papa in der Etappe, die Schwangerschaft, die Krankheit, der Tod.)

(Der Großvater arbeitete nach wie vor als Koch im Kloster Sacro Cuore. Der Moment war noch nicht gekommen, in dem ich mich ihm anvertrauen und den besten Freund und Tröster in ihm finden sollte. In seinen freien Nachmittagsstunden kam er selten nach Hause, sondern zog es vor, Spaziergänge am Stadtrand zu machen, wo er alte Freunde traf, die dem Boccia-Spiel frönten, an dem er sich selbst mit Ausdauer beteiligte. Als die Mama erkrankte und ich zum Schlafen zu den Großeltern in den Alkoven des Wohnzimmers gebracht wurde, hörte ich ihn abends heimkommen und mit leiser Stimme mit der Großmutter reden. Doch er war ein Mann von wenig Worten und reserviert wie einer, der vergeblich versucht hat, die anderen von einer Idee zu überzeugen, und nun die Hoffnung aufgegeben hat, verstanden zu werden. Er war in einem Dorf des Val di Sieve geboren; sein Vater war Hufschmied gewesen, und seine Mutter hatte vielen Kindern das Leben geschenkt, doch wurde die Familie, als er noch ein Junge war, durch den Ausbruch einer Choleraepidemie, die um 1860 den Flecken heimsuchte, dezimiert. Er arbeitete als Tagelöhner, bis er etwa zwanzig Jahre alt war. Und da man ihn zum Militärdienst einziehen wollte, weil er bei der Aushebung eine gerade Zahl gezogen hatte, wurde er zum Deserteur, verließ das Dorf und machte sich auf den Weg in die Stadt. Er hatte kaum die Porta Aretina passiert, staubbedeckt und müde, das Bündel mit seinen wenigen Habseligkeiten am Stock über der Schulter, wie ein richtiger romantischer Held, als ihn die Polizei anhielt und in Arrest nahm; durch die Amnestie des Jahres 1870 kam er wieder frei. Als junger Mann hatte er zu den aufsässigsten Liberalen gehört, und einmal war er lärmend der Kutsche eines kleinen großherzoglichen Adeligen aus seinem Dorf nachgelaufen und hatte ihm hinterhergesungen:

Codini* andate a letto
il babbo non ritorna...

(Ins Bett mit euch, ihr Zöpfchen,
der Papa kommt nicht wieder...)

Er war also ein Liberaler – und als Kind des Volkes und Arbeiter, als Analphabet und Mann

---

* Codini: Spöttische Bezeichnung für die Reaktionären (von *codino*: Männerzopf)

von Saft und Kraft auch ein Sozialist. Da er jedoch hungrig und in der Stadt allein war, wandte er sich an den Pfarrer seines Dorfes um Hilfe. Die Hilfe kam, und mit ihr nahm seine lang andauernde geistliche Sünde ihren Anfang. Er fand eine Anstellung als Küchenjunge in einem Kloster, in dem er später Koch wurde; dort lernte er lesen und schreiben, und dort erwartete ihn seine tägliche Verdammnis. Selbst während der letzten Jahre seines Lebens las er, alt und immer noch ungezähmt, «subversive» Zeitungen und bereitete gleichwohl den Geistlichen die Mahlzeiten zu. Die wußten um seine Harmlosigkeit und hatten ihn vom Empfang der Kommunion dispensiert, bestanden jedoch auf seiner Anwesenheit bei der Sonntagsmesse: Und der gute Alte unterwarf sich diesem Verlangen, stellte sich ganz nah an den Altar, damit der Offiziant ihn sehen konnte; dann jedoch trat er, sich die Schatten von Säulen und Beichtstühlen zunutze machend, vorsichtig den Rückzug an, um dem Segen zu entgehen. All dies jedoch gehörte einem heimlichen Leben an, von dem zu Hause kaum jemand wußte. Am oberen Ende des Bettes hatte er eine Flasche mit Teerwasser stehen, und morgens, sofort nach dem Aufstehen, trank er in langen Zügen davon, um die Beschwerden zu mildern, die ihm das Wasserlassen verursachte; die Großmutter war herzlos genug, jeden Tag monoton auf ein weit zurückliegendes Abenteuer des Großvaters anzuspielen, das mit einer Infektion geendet hatte.)

Als ich beim Onkel an der Peripherie wohnte, kam mich der Großvater oft besuchen; er nahm mich an die Hand, und wir gingen zusammen in einen Vergnügungspark des Stadtviertels. Der Großvater zeigte sich freigebig; er erlaubte mir, mit dem Karussell zu fahren, wo ich rittlings auf einem schneeweißen Pferdchen mit rotem Halfter und den schwarzen Augen eines wild gewordenen Tieres saß; ich durfte auf die Rutschbahn, die mich wie durch Zauber von der Erde zu befreien schien. Mein Alter wartete, bis ich fröhlich und mit einem neuen Wunsch zu ihm zurückkehrte, und ich brauchte nur den Blick schweifen zu lassen: die Schießbude, in der man aus Gewehren mit Korkstöpseln schoß, die kleinen Messingreifen, die ich vergeblich über Flaschenhälse zu werfen suchte, an denen Papiergeld hing, und dann die gebrannten Mandeln, das Nougat, die gesalzenen Kürbiskerne, die Erdnüsse – wundervolle Nachmittage. Was mich jedoch vor allem für den Großvater einnahm, war die Tatsache, daß er mein Staunen respektierte und teilte. Weder die Scheu und der Schmerz, die ich in der Nähe der Mama empfand, noch die Gewohnheit, die mich zur Großmutter hinzog, auch nicht die etwas fade und dankbare instinktive Neigung zu den Kusinen, die sich in meiner Gegenwart gebärdeten, als wäre ich ein liebenswertes Spielzeug, konnten eine solche Zuneigung wecken. Es war der Großvater, der meine Interessen, mein Staunen und meinen Kummer teilte, der den Himmel, das Karussellpferd, die Rutschbahn und die Straße, die Menschen und die

Häuser mit den gleichen Augen sah wie ich und die Dinge in meiner Dimension erfaßte.

Die Besuche der Großmutter wurden immer seltener und trauriger. Ich sah sie aus der Straßenbahn steigen mit ihrem Kleid, das grün war wie eine Uniform, den schwarzen, glänzenden Schal um den Hals geschlungen; ich rannte ihr entgegen, getrieben von einer inneren Kraft, die ich gern unterdrückt hätte, was mir aber nicht gelang, und wenn ich bei ihr angelangt war, blinzelte sie schon mit den geröteten Augenlidern, zeigte sich sofort um meine Gesundheit besorgt und sagte: «Lauf nicht so schnell, du bist ja ganz erhitzt.» Die Kusinen luden sie ein, im Wohnzimmer Platz zu nehmen, stellten das Grammophon leiser, gaben sich bekümmert und erkundigten sich nach der Mama, wobei sie Mühe hatten, ihr gewohntes Ungestüm zu bändigen. Die Großmutter sprach wie zerstreut, wie in einer Vorstellung befangen, die sie erschreckte. Dann wurde mir erlaubt, zu gehen und mich wieder zu meinen Freunden auf dem Gartenweg zu gesellen, mit ihnen «Krieg» und «Familie» zu spielen. In der Dämmerung kam die Großmutter zu mir in die Gärten und sagte: «Gib mir einen Kuß für die Mama mit.» Ich begleitete sie mit Abe zur Straßenbahn. Sie zu verlassen bereitete mir Kummer; ich dachte, wenn auch undeutlich, an unsere dunkle Wohnung in der Stadt und an die grünen Vorhänge. Aus den Vorhängen tauchte das Bild der Mama auf, und da schrie ich: «Großmutter, Großmutter»; ich fühlte, wie ich mit der Großmutter, die wegfuhr, auch die

Mama verlor; ich begann zu weinen, und auf das Weinen folgte eine heftige Erregung. Abe versuchte, mich zu beruhigen, aber wütend wandte ich mich gegen sie, schlug mit geballten Fäusten auf sie ein und trat ihr gegen die Beine; und wenn ich dann ganz plötzlich aufhörte zu schreien, vernahm man in der Öde der Peripherie höchstens die Stimmen einiger Arbeiter auf ihren Fahrrädern und das trostlose Muhen der im Schlachthof eingeschlossenen Tiere. Ein neuer Tag ging über unseren Kinderspielen auf.

(In diesen Tagen verlor ich die Mama, ohne daß ein Zeichen vor meinen Augen erschienen wäre, ohne daß das Gras, auf das ich trat, mich in die Füße geschnitten und das Wasser des Flusses, in dem wir fröhlich wateten, mir die Haut verbrannt hätte. Sie haben sie weggetragen, meine Mama, ohne mich, so als ob man sie mir wirklich geraubt hätte; und ich fühlte keinen Schmerz, nachdem ich wußte, daß sie tatsächlich tot war: «Sie nicht mehr wiedersehen», sagte ich, und es war, als ob ich sie nie gesehen hätte, meine Mama. Es verblieben mir Bilder von ihr, die das Haus an der Peripherie und die Spiele mit den Freunden, der Fluß, die Kusinen, das Kreischen der Straßenbahn beim Wenden an der Endstation, all die Dinge, die auf angenehme Weise meine Stunden ausfüllten, jedoch aus meiner Erinnerung verdrängten. Vielleicht war ich ein oberflächliches Kind, vielleicht ließ ich aber auch zum erstenmal tatsächlich die Schrecken unserer Wohnung in der Stadt hinter mir, die freudlosen Kriegsjahre, das Dunkel der Räume; ich machte mich frei davon in der frischen Vorstadtluft, dem leichten Wind auf meiner Stirn, der Frische des Röhrichts, das in der Herbstsonne wie eine vom leichten Nebeldunst verschleierte goldene Orgel glänzte.)

Der Großvater sagte mir nie, daß die Mama tot war; er nahm mich immer noch an die Hand, vielleicht liebte er mich noch mehr. Jetzt, da der Vergnügungspark nicht mehr da war, gingen wir an den Geleisen entlang spazieren und warteten am Bahnübergang, um die Züge zu sehen, die jeden Tag voller waren von blutjungen Soldaten, die Helme und Fähnchen schwenkten und sangen:

Il tenentino sogna la sua sposa
la vede bambola...

(Der kleine Leutnant träumt von seiner Braut
und sieht sie als ein Püppchen...)

Die Züge waren lang und bewegten sich langsam wie in einer festlichen Prozession. Ein paar Radfahrer fuhren ihnen auf der Straße nach und riefen den einen oder anderen Soldaten im Zug beim Namen. Und dann gingen wir in ein Wirtshaus, setzten uns an einem Marmortisch, und der Großvater bestellte Wein und Mandelplätzchen; ich tauchte die Plätzchen in den Wein und saugte daran wie an einer Köstlichkeit; manchmal aßen wir auch Brot mit Preßkopf oder Brot mit frischem Obst wie Äpfeln, Orangen, Dattelpflaumen, auch Brot und Nüsse, Brot und Zibeben.

Endlich kam eines Tages der Papa; er war in Uniform, der graugrüne Stoff verschossen und abgewetzt; am Arm trug er eine schwarze Binde. Die Großmutter, die ihn begleitete, ebenfalls in Schwarz, wie ihre Haare. Ihre braunen Augen lagen noch tiefer und verlorener in den Höhlen, die wie offene Wunden waren. Der Papa kratzte mich mit seinem Stoppelbart; und da waren der dumpfe Geruch seines graugrünen Gewandes und seine genagelten Schuhe, mit denen er in der Rührung des Wiedersehens versehentlich auf mich trat. Glücklich begleitete ich die beiden wieder an die Straßenbahn, und in diesem Augenblick, als ich ihn auf der Plattform der Straßenbahn mit einem Taschentuch winken sah und er mich mit meinem Namen rief, empfand ich zum erstenmal Zuneigung für den Papa. Die Großmutter hatte zu mir gesagt: «Du mußt jetzt für die Mama beten!» Und ich war es, der am selben Abend Abe an das Gebet für die Mama erinnerte; während ich betete, sah ich, wie der Papa aus der Straßenbahn mit seinem Taschentuch winkte und meinen Namen rief: «Valerio! Valerio!» Und auch mein Name schien mir neu. Ich sagte: «Valerio» und glaubte einen Jungen zu kennen, der Valerio hieß und dessen Papa Soldat war und ihn von der Straßenbahn her grüßte, indem er ein Taschentuch schwenkte. Auch ich trug, wie der Papa und der Großvater, eine schwarze Binde am Arm, und meine Freunde fragten: «Ist deine Mama gestorben?» «Ja, meine Mama ist gestorben», antwortete ich stolz. «Ich bin in Trauer.»

So vergingen Monate, und dann kam ein Tag, an dem die Stadt explodierte: Gesang, in die Luft geworfene Hüte, Sirenengeheul und stürmisches Glockengeläut, bis hinaus an die Peripherie. Die Frauen liefen in ihren Hauskleidern auf den Gartenweg hinunter und fielen sich in die Arme; ein junger Bursche hielt einen Wasserschlauch in die Höhe, und die Kinder sprangen kreischend darunter und ließen sich bespritzen. Auch ein paar Frauen stellten sich im Überschwang ihrer Freude in den Sprühregen. Der Hausmeister des Wohnblocks schwang eine große Trikolore. Dann erschienen noch mehr Frauen, mit Blumen, die sie schnell in den Gärten gepflückt hatten; im Treppenhaus hörte man Laute, die wie hemmungsloses Lachen oder verzweifeltes Schluchzen klangen. Ebe und Rita richteten sich eilig vor dem Spiegel her; Abe stand mit dem Onkel auf dem Balkon und schwenkte, vor Freude schreiend, die Arme. Von einem Balkon zum anderen, vom Gartenweg bis zur Straße, bis hin zum Schlachthof hörte man: «Waffenstillstand! Waffenstillstand!» Und keuchend kamen Männer herbeigeeilt, die den Umstehenden Zeitungen hinstreckten, die keiner lesen wollte, und auch sie riefen: «Waffenstillstand, wir haben Waffenstillstand, der Krieg ist aus!» Und unter Tränen lachend küßten die Frauen die Kinder. Eine halbe Stunde, eine Stunde, zwei Stunden lang nichts als frenetisches Rufen, Fluchen und Freudengeschrei, alle waren wie aus dem Häuschen. Die Leute liefen den ankommenden Straßenbahnen entgegen, in denen sich die

Menschen drängten und die frohe Botschaft herausschrien: «Die Glocke vom Bargello hat geläutet! In der Stadt fahren keine Straßenbahnen! Ganz Florenz ist auf den Beinen! Der Bürgermeister hat vom Balkon des Palazzo Vecchio eine Rede gehalten!» Der Onkel holte aus der Speisekammer eine Flasche Likörwein hervor. Abe sagte: «Er wird heimkommen, Papa, und mich heiraten, und ihr werdet euch freuen, und ich werde mich freuen, und überhaupt alle werden sich freuen!» Die Terrassen waren mit einemmal mit Trikoloren geschmückt, und die Menschen zogen in Scharen auf dem Gartenweg und auf der Straße bis zum Schlachthof hin und her; auf den Schultern von Zivilisten saßen Soldaten und fuchtelten mit den Armen. Es war ein milder Herbsttag, in dem grauen Licht wirkten die Ufer des Mugnone fast schwarz, und das Schilfrohr wiegte sich im Wind, als wollte es läuten. Eine halbe Stunde, eine Stunde, zwei Stunden währte die allgemeine Tollheit. Das einfache Volk, das am meisten unter dem Krieg gelitten und ihn verflucht hatte wie eine Krankheit am eigenen Leib, schwelgte nun in der Hoffnung auf eine neue Zeit: eine Zeit, in der menschliche Bindungen nicht zerrissen würden, eine Zeit, die Sicherheit versprach, einen häuslichen Herd, einen gut gedeckten Tisch, befriedigte Sinne, Liebe und Nächstenliebe und gerechte Möglichkeiten. Ein, zwei Stunden – dann, als die Nacht wie ein Schatten, der die Häuser bedrohte, über die Gärten und den Fluß hereinbrach, ebbte alles langsam wieder ab; nur die Fahnen blieben in der Dunkelheit und im Wind zurück. Ich lag an Abe gedrängt, die sich ruhelos im Bett hin und her warf, und hörte aus der Ferne den Lärm erregter Stimmen. Als meine Hand versehentlich das Gesicht des Mädchens berührte, merkte ich, daß sie weinte; und da sie begriff, daß ich etwas sagen wollte, drückte sie mich an die Brust und flüsterte: «Schlafen wir, schlafen wir.»

Am nächsten Morgen schienen die Gesichter der Menschen auf dem Gartenweg und im Treppenhaus, die Gesichter der Frauen am Waschtrog wie verjüngt; die Mädchen hatten sich wieder in Kinder verwandelt und trugen, als wären sie sanftmütiger und phantasievoller geworden, bunte Bänder im Haar; die Gesten der Zivilisten waren entspannter, und die Männer in den graugrünen Uniformen sahen aus wie Leute, die gern inkognito bleiben möchten und doch insgeheim von allen erkannt werden. Im Tonfall der Stimmen, in den Gesten und selbst im Geschmack der Luft spürte man das langsame Schwinden eines Alptraumes, die allmähliche Gewöhnung nach einer Überraschung.

Ich blieb noch länger in des Onkels Wohnung und bei meinen Freunden. Zum Namenstag bekam ich ein Schaukelpferd und einen Samtanzug; Weihnachten bescherte mir eine Pfeife und eine Trommel mit roten Stöckchen, die kegelförmige Spitzen hatten, und vom Papa traf ein kleines Xylophon ein. Die Großmutter erschien mit einem Paar Stiefelchen, die mir die Mädchen mit Haarnadeln zuhakten. Schließlich schenkte Abe mir noch eine Fibel, und geduldig und belustigt wiederholte sie mit mir: «A-E-I-O-U», und ich schämte mich, als der Onkel zu mir sagte: «So groß und stark und immer noch bei den Vokalen.»

Und die Mama würde ich nicht wiedersehen, der Papa winkte mir aus der Straßenbahn mit seinem Taschentuch zu, auch der Großvater sah mich mit glänzenden Augen an und hatte die Taschen voller getrockneter Maroni. Die Großmutter wurde immer magerer und immer schwärzer, und eines Tages sagte sie: «Du muß jetzt wieder nach Hause. Abe heiratet und kann sich nicht mehr um dich kümmern.»

Wie trostlos ist doch für einen siebenjährigen Jungen, der in den Gärten, an den Ufern und auf der Straße einer Wind und Sonne weit geöffneten Peripherie aufgeblüht war, eine Stadtwohnung im dritten Stock, bedrängt von den Mauern des gegenüberliegenden Hauses. Der Junge, der ich jetzt war, schaute mit anderen Gefühlen und eigenen Gedanken aus dem Fenster der Stadtwohnung, das Geländer reichte ihm nun bis zur Brust, und es gab keinen weiten Horizont vor seinen Augen: Die Straße begann geradlinig vor einem Hintergrund aus großen Quadern, lief senkrecht unter mir vorbei, machte weiter vorn eine Biegung und verschwand aus dem Blickfeld, um in den großen Atem der Piazza della Signoria einzumünden; eine Straße, die Via de' Magazzini, wie ein Schweigen mitten im Stimmengewirr, das man jenseits ihrer Häuser ahnte. Das dumpfe Schweigen ihrer Steine und ihre Lage quer zu den Verkehrsadern machten, daß sie von den Fahrzeugen und von eiligen Passanten links liegengelassen wurde. Ein Schuhmacher, der sich in einem dunklen Loch unseres Hauses wie in einem Verlies eingenistet hatte, sprengte, freilich nur in langen Abständen, mit seinem Gehämmer die Stille der Straße. Und im Verlauf weniger Stunden vernahm man, wie in einem vergessenen Dorf, immer die gleichen Stimmen und Laute. Beim ersten Tagesschimmer erschienen die Straßenkehrer, und in der stillen Straße, in der jeder Ton widerhallte, konnte man ihre Worte deutlich verstehen; dann kam der Milchmann mit seinem Pferdewagen und seinem Ruf: «*latte!*»; von einem Ende der Straße bis zum anderen konnte man die Schritte der Frauen hören, die mit ihren Gefäßen hinuntergingen, und sogar die Bewegungen derer, die den Korb aus dem Fenster hinunterließen. Zu diesen gehörte auch die Großmutter, und nachdem sie mir, bereits angezogen und mit der Einkaufstasche am Arm, mein Frühstück gebracht hatte, ließ sie mich allein zu Hause. So konnte es passieren, daß ich noch einmal einschlief und erst durch den Ruf des Postboten wieder geweckt wurde.

In dieser Abgeschiedenheit von den Ereignissen draußen lebten wir wie isoliert. Und die Schritte irgendeines unbekannten Bürgers, der sich an unsere Straße erinnerte, ließen im Herzen Hoffnung aufleben. Der Rest des Tages brachte die Rufe des Altwarenhändlers und des Lupinenverkäufers und abends noch einmal die des Postboten und des Milchmanns; und monoton, aber in langen Abständen, das Gehämmer des Schuhmachers auf den Sohlen. Hinter den Scheiben des hohen Fensters stehend, es war Herbst, zählte ich, wie viele Schläge er ohne Unterbrechung ausführen konnte: sieben, zehn, an einem Tag sogar fünfzehn. Die Kaserne gegenüber war leer, die Fenster geschlossen und große nasse Flecken auf der Fassade, von der da und dort der braune Putz herunterfiel. Auf dem Stück Fußboden des Schlafsaals, auf das ich sehen konnte, lagen lange Zeit eine zusammengeknüllte Zeitung und ein Blechnapf, einmal glaubte ich eine Ratte über sie hinweghuschen zu sehen. Es gab auch langweilige Regentage, an denen ich den müden Herzschlag der Straße, wie von einer feuchten Wand in die Häuser zurückgedrängt, nicht wahrnahm. An den Drähten der Lichtleitungen hingen kleine Tropfen, die zitternd zur Größe von Mistelbeeren anschwollen und dann herunterfielen. Die Großmutter saß stundenlang mit nicht enden wollenden Stopfarbeiten auf dem hellblauen Sofa. Und sie weinte immer mit ihren entzündeten Augen. Das Essen, das Sofa, ihre Kleider und selbst die meinen, die sie weinend wieder zusammenflickte, das Bett, die Vorratskammer und die Einkaufstasche waren wie von ihrer hartnäckigen Trauer durchtränkt. Den Großvater sah ich nur selten, da er erst spät abends heimkam und morgens schon vor den Straßenkehrern aus dem Haus ging.

Wir schliefen alle drei, meine Großeltern und ich – ich in der Mitte – im Alkoven des Wohnzimmers, wie damals, als die Mama krank war. Das Zimmer der Mama war unbewohnt, das große Bett gemacht, mit der umgeschlagenen Bettdecke und den zwei weißen, mit den Initialen der Mama bestickten Kopfkissen darüber. Wenn ich hineinging und die bekannten Gegenstände wiedersah – das wächserne Jesuskind unter der Glasglocke und den länglichen Spiegel auf der Kommode, in dem es sich spiegelte, die Bronzegriffe der anderen Kommode, den Öldruck mit der Verkündigung über dem Bett und dem darangesteckten Olivenzweig, die blaue Wasserflasche, die roten Bettvorleger und ihren Frisiertisch, auf dem noch ihr Parfümfläschchen stand, neben ihrer Haarbürste und dem dünnen, biegsamen Kamm, der aus Perlmutt zu sein schien –, dann tauchte das Bild der Mama, wie ich sie gekannt hatte, als sie in dem großen Ehebett lag, wieder vor meinen Augen auf; und die gestickten Initialen, wie von Kinderhand gemalt, flüsterten meinem Herzen «Nella» zu: Ich fühlte etwas wie Schrecken, Angst, als könnte die Mama mir wahrhaftig im Bett liegend erscheinen, auf die Seite gedreht, um den unförmigen Bauch zu verbergen, und mich rufen. Wenn ich allein zu Hause war, konnte ich der Versuchung nicht widerstehen, ihr Zimmer zu öffnen, es zu betreten und ihre Sachen zu berühren; ich zitterte, und immer wieder drehte ich mich ruckartig um, als ob ich hinter meinem Rücken Atemzüge oder die Anwesenheit eines anderen spürte. Dann schob ich die grünen Vorhänge zur Seite, und dort stand immer noch mein Kinderbett, die

Matratze zusammengerollt auf dem nackten Drahtgestell, und auch die Kiste mit meinem Kinderspielzeug war da. Eines Tages packte mich das Verlangen, die Spielsachen wiederzusehen, die ich mittlerweile verachtete, etwa den Pinocchio, der in die Hände klatschte, wenn man ihm auf die Brust drückte. Mühsam schob ich die Vorhänge beiseite, machte im Alkoven Licht, kniete vor der Truhe nieder, und es gelang mir, den Deckel hochzuheben: Ich sah sorgfältig zusammengelegte, wohlriechende Wäsche, und als ich das erste Stück herausgenommen hatte, erkannte ich ein weiches, weißes Frauennachthemd mit Spitzen am Ausschnitt und einem kleinen «N» an der Seite, wie von unsicherer Kinderhand gemalt. Doch fand ich auch andere Dinge, die mich frösteln ließen, wenn ich liebevoll darüberstrich – Seide. Darunter kam eine Schicht Handtücher und Bettlaken zum Vorschein, die ich unter dem Namen «Kambrik» kannte, und als ich sie nach und nach auf den Boden legte, leuchtete mir immer wieder ein auf das Revers gesticktes rotes «N» entgegen. Ich fand einen Apfel, einen großen vermoderten weißen Apfel, dessen Geruch in die Wäsche eingedrungen war. Und ganz unten entdeckte ich zwei Fotografien in Kartonrahmen. Eine zeigte ein kleines Mädchen, vielleicht in meinem Alter, im Matrosenkleid mit Ankern auf den Krägelchen, und auf dem dichten schwarzen Haar, das offen auf Schultern und Rücken fiel, eine Mütze, die angesichts der fülligen Haarpracht klein wirkte, und das Band darum trug die Aufschrift, die ich entziffern konnte: *R. N. Duilio*. Das Mädchen schaute ernst, mit entschlossener und gewollt finsterer Miene drein; schmal waren Nase und Mund und nur wie angedeutet in der Blässe des von den Haaren umrahmten Gesichts. Die Kleine war stehend abgebildet, die linke Hand ruhte auf der Rückenlehne eines Polsterstuhls, und die rechte, mit der geschlossenen Faust eng an den Rock gepreßt, hing steif herunter. «Mama», sagte ich; ich war allein zu Hause, und jede Angst und jedes Frösteln waren mit einem Male verflogen: «Nella», sagte ich. Und plötzlich, im Bruchteil einer Sekunde, so wie in einem Zimmer das Licht angeht oder ein Zug wie ein Sturmstoß vorbeibraust, erkannte ich, daß dieses Mädchen mir ähnlich sah. In seiner finsteren Miene entdeckte ich meine Dickköpfigkeit, in seiner geschlossenen Faust meine Unfähigkeit, Gefühle auszudrücken und mich verständlich zu machen. Und mitten in der um mich herum auf dem Fußboden verstreuten Wäsche sitzend, in der Enge fast unter das Bettgestell gezwängt, mitten unter den roten «*N*», die mich anstarrten, fühlte ich, daß meine Mama mir ganz allein gehörte, lebte sie doch in meinem Gesicht fort. Ich legte die Fotografie auf meine Knie und nahm die andere in die Hand. Auf dieser war die Mama schon eine Frau, aber noch eine junge Frau, ohne den verächtlichen und schmerzlichen Zug, diesen unbestimmten Zug um die Lippen, den ich an ihr gekannt hatte; ihr Gesicht war, im Vergleich zu jenem, an das ich mich zu erinnern glaubte, ausgeglichener, und in seinem Ernst lag der Anflug eines Lächelns. Auch hier war die Mama stehend abgebildet, in ein helles, langes Gewand gehüllt, vom Rücken her aufgenommen, über den das offene Haar bis zu den Waden fiel: Sie hatte das Gesicht gewandt, mit dem Anflug eines Lächelns, im Mantel ihres langen Haares schien sie wie versunken und geschützt – unberührbar. Auf einem mit verblaßter Tinte in Taillenhöhe quer über Gewand und Haar verlaufenden Schriftzug konnte ich nur Zahlen, nur ein Datum entziffern: 1, 2, dann kamen Buchstaben, und dann die Zahlen 1, 9, 1, 2. Ich blieb lange allein, unter dem Drahtgestell des Kinderbetts, im Alkoven, zwischen den aufgestickten roten «*N*», und lauschte der Mama.

(Ich hatte die Fibel mitgenommen, die mich an Abe und das Haus mit dem Blick auf die Gärten, an Vanda und mein Leben an der Peripherie erinnerte. Ich konnte jetzt lesen, und jeden Sonntag ging ich mit der Großmutter in die Wohnung des Onkels: Ich nahm mein Schulheft mit, in dem Abe meine Hausaufgaben korrigierte und mir neue aufgab. Die Schulen waren noch geschlossen, und ich wartete auf den Tag des Schulanfangs wie auf ein Fest. Die Großmutter konnte mir nicht helfen; erst später, in den ersten Labyrinthen des Subtrahierens und Multiplizierens, war sie mir eine Stütze: «Ja, die Großmutter kennt die Zahlen und kann rechnen, und wie die Großmutter das kann!» hatte Abe lachend gesagt. Doch Abe war jetzt zerstreut, wenn sie sich mit ihrem Vetter-Kind beschäftigte; in ihren neuen Kleidern ging sie leicht und unbeschwert mit den Schwestern aus und ließ mich in meinem Reich der Wunder allein: Da war das Kinderklavier mit seinen zwei Oktaven, da waren die Stoffpuppen und die Krippe, das Grammophon mit dem goldenen Trichter und die Tänzerin – doch alles blieb stumm in Gegenwart der Großmutter, die mit ihrer hartnäckigen Trauer Gesichtern und Dingen Stillschweigen aufzwang. Die Großmutter und ich blieben mit dem Onkel allein. Ich schaute aus dem Fenster auf die Straße hinaus und sah hinter den beschlagenen Scheiben das Schilfrohr und auf der anderen Seite die Unterführung beim Schlachthof – wie eine Erinnerung. Die Stimme des Onkels, der die Großmutter «Mama» nannte, ängstigte mich, wenn er immer wieder zu ihr sagte: «Nur Mut, Mama, man muß sich mit dem Geschehenen abfinden.» Und eines Tages sagte er: «Jetzt, wo er bald aus dem Militär entlassen wird.»)

Der Papa kam ganz überraschend an einem Nachmittag heim. Wir hörten es an der Tür klopfen, ich lief, um aufzumachen, und da stand der Papa; ich erkannte ihn sofort, sosehr er sich auch verändert hatte. Er trug ein graues Schiffchen auf dem Kopf und die graue Uniform der Demobilmachung, lange Hosen ohne Wickelgamaschen und eine weite Jacke, die ihm bis zu den Beinen ging, und darauf die schwarzen Rangabzeichen des Gefreiten. Er nahm mich auf den Arm und küßte mich, und ich schaute in seine vor Freude leuchtenden Augen, blaue Augen, die ich nicht kannte. Im Wohnzimmer kam uns die Großmutter mit einem tränenlosen Weinen, einem tonlosen Schluchzen entgegen, das ihre Gesichtszüge schmerzlich verzerrte. Mit dem Papa kehrte fast so etwas wie Feststimmung im Hause ein; die große Lampe wurde angezündet, und das Wohnzimmer erhielt in der Dämmerung des Abends seine Farben zurück. Der Papa schloß sich lange Zeit im Zimmer der Mama ein; als er wieder herauskam, war er in Zivil, in dem er etwas unbeholfen und traurig dastand, und um ihn herum ein Duft von weiblichem Parfüm. Noch am gleichen Abend gingen wir zusammen aus; wir ließen unsere Straße mit ihrer Stille hinter uns und streiften lange durchs Zentrum. Jetzt entdeckte ich die Stadt; nicht den langweiligen Weg der Großmutter, der von unserer Wohnung bis zur Ricci-Kirche und dann am hellen Flußufer entlangführte, an dem mich zu erfreuen mir die Hand der Großmutter, die die meine fest umklammert hielt, verwehrte: Die Stadt selbst kam mir an diesem Abend entgegen. Es schien, als wolle sich der Papa wieder mit den Straßen und den Gebäuden, den Cafés und den Geschäften vertraut machen. Eine ganz neue Art Menschen sah ich, Frauen, wunderbar in Pelze gehüllt, duftend und grell geschminkt, und Männer, einander zum Verwechseln ähnlich im Glanz ihrer grauen, braunen oder schwarzen Anzüge, mit den großen Hüten und rauflustigen Schnurrbärten. Und ich entdeckte Hunde, zahme Hunde mit melancholischen Augen, die hinter den Menschen herliefen; und mit den Hunden an jeder

Straßenecke die Blumenverkäuferinnen, meist kleine Mädchen mit kurzen Haaren und dem gleichen melancholischen Blick. An einer Straßenkreuzung saß eine alte Frau auf dem Bürgersteig und pries in jammerndem Singsang Wachsstreichhölzer und Schnürsenkel an. Und ich sah auch elegant gekleidete, keck auftretende Jugendliche in Gruppen. Eine mir unbekannte Erregung ergriff mich, das Blut pochte in meinen Adern, und mich überkam die Lust, mir alles zu wünschen, was ich in den hell erleuchteten Schaufenstern der Geschäfte sah und in denen der Warenhäuser mit ihren Schema-Preisen und arithmetischen Namen: *Quarantotto, Trentatré*, wo an den ausgestellten Gegenständen geheimnisvolle Schildchen hingen mit der Aufschrift «10 mal 48», «20 mal 33» (das waren keine Preise, das war Mathematik!). Aus den Auslagen der Konditoreien drangen herrliche Gerüche und warme, verzehrende Duftwolken von Vanille und Gebäck. Und überall Menschen: zusammengedrängt und scherzend in den Straßenbahnen, die nur langsam vorwärtskamen und immerzu klingelten, in den wunderlichen Droschken, auf denen Kutscher mit verblichenen Zylindern thronten, und auf den Motorrädern mit Beiwagen, wie in einem Karussell. Dann traten wir in ein Café, einen sehr langen Saal mit Spiegeln und rotem Samt, in dem sich die Menschen in Wolken von Rauch und Stimmengewirr um die Tische drängten. Durch nicht mehr erkennbare Korridore schoben sich quer zu den Tischen weitere Gruppen, unter Gelächter und dem Gekicher der

Damen. Die Kellner bewegten sich mit der Geschicklichkeit von Taschenspielern und Akrobaten: Mit hochgerecktem Arm jonglierten sie ihre mit dampfenden Tassen und Gebäck beladenen Tabletts über dem Gedränge. Schon von weitem deutete mein Vater auf einen der Kellner und kämpfte sich bis zu ihm durch. «Cesare!» rief er; und der Kellner, ein beleibter, stattlicher Mann, von dem ich dachte, daß er sich nur als Kellner verkleidet habe, erwiderte: «Oh!» Er führte uns in die Küche, wo die zwei Brüder sich umarmten und der Onkel, an den ich mich überhaupt nicht erinnern konnte, mit lauter Stimme eine Bestellung aufgab. Er streichelte mich und sagte: «Wie groß du geworden bist.» Wir blieben in der Küche stehen, zwischen dem Stimmengewirr, dem Hin und Her der Ober, dem Klirren von Karaffen und Tabletts und dem Duft von Schokolade und Milch. Mein Onkel kam und ging, und ich bekam ein Glas Kaffee mit Sahne.

Ich ging noch öfter mit dem Papa aus, und er war stolz auf mich. Zu den Bekannten, denen wir begegneten, und zu seinen Freunden, die sich zu uns gesellten, sagte er: «Das ist mein Junge», «der Erbe», «die Stütze meines Alters». Ganze Nachmittage verbrachten wir außer Haus, und wenn wir zurückkamen, erwarteten uns die dunkle, trostlose Wohnung und die schwarze Gestalt der Großmutter. Die Wohnzimmerlampe warf nur ein schwaches Licht auf den Tisch, an dem einst Cadorin, um mich zum Lachen zu bringen, die Stimme der Amsel nachgemacht hatte; und für meine an das Lichtermeer der Cafés und den verführerischen Glanz der Schaufenster gewöhnten Augen fiel auch auf das hellblaue Sofa nur ein matter Schein. Ich lernte Radfahren, und wir machten Ausflüge zum Schloß Vincigliata und zur Kartause und schließlich an den Eisenbahngleisen entlang bis nach Sesto. Einmal kamen wir auch an den Fluß, weit außerhalb der Stadt, wo es keine Häuser mehr gab und wir nur von Bäumen und Wasser umgeben waren; der Papa ruderte fröhlich und außer Atem wie ein Junge, wir zogen das Boot ans Ufer, um es über das Flußwehr zu tragen. An jenem Abend kehrten wir müde nach Hause zurück und fühlten uns wie Helden.

Eines Nachmittags gingen wir in einen Billardkeller, wo man den Papa mit lautem Rufen und Schulterklopfen empfing. Es war ein großer Saal, der durch die Deckengewölbe und geschickt aufgestellte Trennwände in geheime Alkoven unterteilt wurde, in denen die Billardtische fast verschwanden in einer Wolke von Rauch und Lärm. Die Zuschauer, die in doppelter Reihe etwas abseits saßen oder an den Wänden standen, schienen einem Ritual beizuwohnen; und am Kopfende der Tische, in Hemdsärmeln und mit kurzen blauen Schürzen, die Spieler, deren Gestalten sich vom Grün des Tuches abhoben. Der Papa gab sehr bald seinen halbherzigen Widerstand auf und band sich, nun auch in Hemdsärmeln, ein blaues Schürzchen um die Taille (mich hatte er auf einen Hocker gesetzt und dabei gerufen: «Einen Orangensaft für meinen Jungen»). Damals sah ich zum erstenmal sein von den enganliegenden Hosen gehaltenes rundes Bäuchlein und die finstere Miene. Doch seine finstere Miene war anders, unbeständig, und die blauen Augen schienen sich nur aus Scherz um einen ernsten Ausdruck zu bemühen. In jenem Moment hatte ich meinen Vater gern, wie man einen älteren Kameraden gern hat, doch anders als bei einem Kameraden spürte ich, daß ich auch ohne ihn auskommen könnte, ihn nicht vermissen würde, ich dachte, daß es mir nicht möglich wäre, seinetwegen zu leiden. Papa wog die weißen und roten Kugeln und dann die kleine gelbe erst in der Hand, entschuldigte sich bei den Zuschauern, weil er, wie er meinte, etwas aus der Übung gekommen sei, und stieß dann, mit seiner kindlich finsteren Miene, die bunten Kugeln über das grüne Tuch des Spieltisches, ungestüm und überlegt zugleich: Wie wild gewordene farbige Tiere sausten die Kugeln auf der grünen Filzweide hin und her und warfen die fünf kleinen weißen Kegel um. Die enge Billardgrotte war voller Rauch, lautes Geschrei wechselte mit plötzlicher atemloser Stille, in der ein Zusammenprall der Kugeln dann wieder eine Flut von Beschuldigungen, Verwünschungen und Glückwünschen auslöste. So verging ein langer Nachmittag, der Rauch breitete sich in den Gewölben aus, wogte um die Lampen über den Billardtischen, verformte sich zu einer riesigen, kompakten Spirale; und wie aus einem Nebel tauchten in der Schläfrigkeit, die mich erfaßte, die Männer, der Papa, die Geräusche der aufeinanderprallenden Kugeln und

Stimmen auf. Ich saß, die Hände auf den Knien, in der dunstigen Wärme und sah mit aufgerissenen Augen und zusehends schwindender Heiterkeit zu, wie die farbigen Kugeln auf dem grünen Teppich hin und her flitzten und die Kegel umfielen und wie kleine Hanswurste über den Tisch sprangen. Es schien mir, als gäbe es nichts anderes mehr als diesen Rauch, diese Stimmen und das Farbenspiel der Kugeln; ich kam mir wie in eine Welt versetzt vor, deren Wunder ich wahrnehmen sollte, was mir jedoch nicht gelang, denn mein Kopf war so schwer, daß ich mich fürchtete, und eine unangenehme, schweißfeuchte Trägheit erfaßte meinen ganzen Körper wie Fieber oder Angst. Stunden müssen über meiner halluzinatorischen Müdigkeit vergangen sein, und ich erinnerte mich an nichts mehr; selbst die Wohnung und die Großmutter, die ich mir anfangs ins Gedächtnis zurückzurufen versucht hatte, um das Neue der Billardgrotte voll auskosten zu können, verschwanden im Rauch und im Stimmengewirr, und ich war ganz allein, ohne Erinnerungen und ohne Gegenwart. Nicht einmal die Stimme des Papas und seine Hand auf meinem Haar konnte ich wahrnehmen: Allein und bewußtlos saß ich in der feucht-klebrigen, dunstigen Wärme der Grotte und starrte mit aufgerissenen Augen auf ihr Grün-Rot-Weiß-Grau. Und dann, aus einer langen Rauchspirale, die blau und siegreich aus dem Aschgrau des alles umhüllenden Nebels emporstieg, mitten aus den schemenhaften Schatten der Männer und dem verwirrenden Farbenspiel, erwuchs plötzlich das Gesicht der Mama, ihr finster-trotziges Kindergesicht, in dem ich mich selbst wiedererkannt hatte. «Mama», sagte ich zuerst nur flüsternd, doch dann wurde ich von immer größerem Entsetzen gepackt, und die feuchte Wärme verwandelte sich auf meiner Haut in eisige Berührungen wie von nassen, kalten Binden. «Mama», schrie ich und brach in befreiendes Weinen aus. Die frische, saubere Straßenluft und die betrübten Liebkosungen des Papas brachten mich wieder zur Besinnung. Am nächsten Tag und für lange Zeit ging der Papa allein aus; ich bekam eine Medizin, die süß wie Sirup schmeckte. Dann kamen die ersten Schultage, die Nachmittage und Abende mit der Großmutter in der dunklen Wohnung, die gewohnten Spaziergänge am Flußufer, die melancholischen Rosenkranzgebete und die Novenen in der Ricci-Kirche.

(Auch die Großmutter war bäuerlicher Herkunft, aus der Provinz Siena; ihr Dorf, Badia di Gracciano, lag in jenem Teil der Toskana, in dem sich das fruchtbare Land in klaren Linien hinzieht, ehe es im düsteren Grau der Maremmen einen rauheren Charakter annimmt. Ich sehe meine Großmutter, wie sie als kleines Mädchen barfuß über die Straßen dieses glücklichen Landstrichs läuft, um auf den Märkten phantastischer Dörfer Eier und Geflügel zu verkaufen, Dörfer, deren Namen Jahre später wie ein verlorener Zauber über ihre Lippen kamen: Rapolano, Sansepolcro, Montepulciano, Trequanda. Als Kind muß diese mythische

Großmutter all das Gute dieses Stücks Erde mit seinen klaren Horizonten aus Türmen und Himmel, aus Hügeln und weißen Ochsen unterm Joch mit den Augen genossen und in ihrem Schweiß erduldet haben; sie hat, über die Furchen gebeugt, das Korn gemäht, ihr Gesicht zwischen die Trauben der Rebstöcke gesteckt und ihren von Sonne und Müdigkeit geröteten Körper auf den Laubsäkken ausgestreckt, unter den rauhen Laken, in den hochbeinigen, bäuerlichen Betten, zusammen mit den vielen Geschwistern. Und eines Morgens schnürte auch sie, wie der Großvater, ihre wenigen Habseligkeiten in einem großen bunten Tuch zusammen – die Füße schmerzten in den Schuhen, sie trug einen Rock aus grobem Stoff und darüber eine Männerjacke, die Haare im Nacken zusammengebunden, die Ohren unbedeckt, ihre braunen Augen wie versteinert – und stieg in eine Kutsche und dann in eine andere und wieder in eine andere, bis sie in der Stadt ankam, die Florenz hieß. Die Stadt nahm sie auf, um sie in einen großen Palazzo in einer ihrer ältesten Straßen zu verbannen, wo sie Herrschaften dienen sollte, deren Name und Geschlecht Teil der Stadtgeschichte und dieser Straße waren. Hier wuchs die Großmutter zur Dienstmagd heran und vergaß mit den Jahren ihren Himmel und ihre Türme, das Korn und die weißen Ochsen unterm Joch; sie gewöhnte sich an ein gesetztes Benehmen, an ein gedämpftes Reden und an eine ihrer neuen Rolle entsprechende gezwungene Gangart. Dann starben kurz nacheinander die alten Eheleute, in deren Dienst sie stand.

Der junge Signor Paolo fiel im Duell, Donna Edvige trieb ihr Schicksal als Ehebrecherin über den Ozean, so daß auch sie in den altehrwürdigen Räumen des Palazzos als tot galt. Die Beziehung der Großmutter zu der jungen Herrin, die als einzige übriggeblieben war, wurde mit der Zeit immer enger, doch der Tod und die Stille, die seit langem das Haus bis hin zur Küche überschatteten, hatten auch in ihrem Herzen eine Spur von Stille und Tod hinterlassen. Diese mythische Großmutter, auf der jetzt ein Leid lastete, das nicht das ihre war, ein fremdes Leid, an dem sie teilhatte, sollte eines Tages (mit ihrer gedämpften Stimme und den mittlerweile gepflegten, weißen Händen, mit ihrer ganzen großen, hageren Gestalt, ihren glänzenden schwarzen Haaren und den braunen Augen) das weiche und starke Herz des Großvaters höher schlagen lassen: Ich weiß von ihren sonntäglichen Verabredungen auf der Schwelle des Baptisteriums und daß sie eine Kutsche mieteten und wie vornehme Herrschaften inkognito in den Cascinen spazierenfuhren, wie es damals Mode war, und wie die Liebe, so bescheiden und ängstlich, in ihren einfachen Seelen aufkeimte. Und ich weiß von der großmütigen und stolzen Geste der jungen Herrin, die die Großmutter – mit einer Träne und einem Geldgeschenk zur Hochzeit – in die Freiheit entließ. Anfangs lebten die Großeltern in einer Wohnung in der Via Santa Reparata, von deren Fenster aus man das duftende Grün der Platanen auf der Piazza Barbano ahnen konnte. Einmal in der Woche ging die Großmutter zu ihrer Herrin, um ihr ein besonderes Gericht zu kochen, eine Gewohnheit, die sie auch in den späteren Jahren beibehielt und die mit ihnen alt wurde, wie der Geschmack und die Würze des Gerichtes auf ihren Zungen. In der unweit der Piazza Barbano gelegenen Wohnung wurde mein jetzt an der Peripherie lebender Onkel geboren; die Mama kam fünfzehn Jahre später zur Welt, als die Großeltern schon vierzig waren und in der Via Ginori zwischen San Lorenzo und San Marco wohnten: eine Straße, vergleichbar dem Blick eines gelangweilten und betrogenen Geschöpfes. Dort hatte die Mama ihre Jugendzeit verbracht, und von dieser Wohnung mußten ihre Augen auf jener Fotografie zu berichten wissen, auf der sie als Kind im Matrosenkleid abgebildet war. Ein paar Jahre später zogen meine Großeltern in die größere, dunkle Wohnung in der Via de' Magazzini, der Onkel heiratete, und die Mama wuchs zu einem jungen Mädchen heran und wurde ihrerseits Braut. Die Großmutter war damals eine Frau von sechzig, groß und hager, mit schwarzen, immer noch schwarzen, Haaren und wie versteinert blickenden braunen Augen.)

Eines Abends kam der Großvater früher als gewöhnlich heim. Er überraschte uns, die Großmutter und mich, bei unserem Abendessen mit Milchkaffee und geröstetem Brot – auf der anderen Seite des Tisches lagen das noch aufgeschlagene Schulheft und das Wollknäuel und der Strickstrumpf unter der mit kümmerlichem Flämmchen schwelenden Petroleumlampe. «Ich habe Fieber», sagte er, «ich muß schwitzen.» Es war ein Abend im April, der Schuhmacher hämmerte noch auf seinen Sohlen herum, und aus dem offenen Fenster fiel das karge Licht des Wohnzimmers auf die Fassade der gegenüberliegenden Schule, und in seinem schwachen Schein zeichnete sich das Muster des Geländers ab. Im Schlaf hörte ich, wie sich der Großvater die ganze Nacht über ruhelos hin und her warf und krampfartig hustete. Am nächsten Morgen war das Fieber gestiegen; mit geschlossenen Augen jammerte, phantasierte und hustete der Großvater bis zum Abend. Neben dem Bett hatte man ihm ein kleines Wachslicht angezündet, das der Kranke auf dem Höhepunkt des Fieberwahns, wie plötzlich aus dem Schlaf hochschreckend, schreiend mitten ins Zimmer schleuderte. Einige Minuten lang war es völlig dunkel; die Großmutter, der Papa und ich, die wir bei ihm wachten, stießen gegeneinander, und aus der Finsternis erhoben sich die Schreie des Kranken – Beleidigungen, Rufe und Flüche. Als die Großmutter mit einem brennenden Licht zurückkam, sah ich den Papa, wie er den Großvater mit Mühe an den Handgelenken festhielt, bis der alte Mann erschöpft und fast erstickend vor Husten und Schleim aufs Bett zurückfiel. Die Großmutter blieb bei ihm, um zu wachen.

Es war der zweite Abend, an dem der Großvater krank im Bett lag; der Papa nahm mich bei der Hand, und wir legten uns zusammen in das Bett der Mama. Der Papa wollte auf der Fensterseite schlafen, zu der gedreht ich die Mama einmal hatte liegen sehen. Und doch konnte ich von meinem Platz aus das Zimmer der Mama nicht wiedererkennen. Das Kerzenlicht auf dem Nachttisch erhellte eine Ecke des Raumes, ließ die Möbel übermäßig groß erscheinen und verzerrte die Proportionen der Gegenstände, indem es sie riesige Schatten auf die Wände werfen ließ. Nachdem der Papa mich auf die rechte Bettseite gelegt hatte, zog er sich aus und deponierte seine Kleidungsstücke auf einem Stuhl. So sah ich ihn zuerst in seinen an den Knöcheln zusammengebundenen Unterhosen und dann im Nachthemd dastehen, das ihm gerade bis über die Knie reichte; die Beine waren schmächtig und behaart, und vom Bauch abwärts schien er mir lächerlich anzusehen: Doch als ich in sein Gesicht blickte, dessen eine Wange im Licht und die andere im Schatten lag, die sorgfältig an die Schläfen gekämmten Haare und seine kindlich blauen Augen, die Männerbrust betrachtete, empfand ich ein Gefühl der Zuneigung. Auch seine Stimme gefiel mir und der ihr eigene vertrauliche Klang. Er fragte mich, ob ich urinieren müsse, ich antwortete nein; daraufhin bat er mich, lächelnd und als ob er seine Schüchternheit mit einem Scherz überwinden wolle, doch woanders hinzusehen: Er kehrte mir den Rücken zu, verrichtete seine Notdurft und bückte sich, um den Topf in den Nachttisch zurückzustellen. Dann legte er sich neben mich, blies die Kerze aus und sagte: «Hoffentlich wird der Großvater wieder gesund. Eine Lungenentzündung in seinem Alter.»

Wir lagen im Bett der Mama, seine mageren, behaarten Beine streiften meine Füße, und ich empfand Widerwillen, doch da war zugleich sein warmer Atem, die Fröhlichkeit, die sein Körper vermittelte, und seine Anwesenheit weckte auch in mir ein Gefühl der Fröhlichkeit: Wahrscheinlich spürte ich zum erstenmal die ganze Wärme eines lebendigen Körpers, empfand einen physischen Kontakt und vertraute diesem Körper. Furchtlos ließ ich zu, daß der Papa meinen Kopf an seine Brust legte und mir im Dunkeln zerstreut übers Haar strich. Lange streichelte mich seine Hand, seine Arme hielten mich liebevoll, ich spürte den Hauch des warmen, nach Tabak riechenden Atems und dann seinen Mund auf meinen Lippen; ich war erstaunt, daß ich den Speichel ertrug, der auf ihnen zurückblieb. «Bist du müde?» fragte er, «Möchtest du, daß wir uns unterhalten?» Nach und nach tauchten die Möbel, das Bett, die Stühle und die Vorhänge vor meinen Augen auf, die sich an die Dunkelheit gewöhnt hatten, und das fahle Mondlicht, das durchs Fenster hereinkam, wurde heller und strahlender. Auf dem Rücken liegend, in Papas Armen, sah ich die Drähte der Lichtleitungen in der Luft, ab und zu hörte ich aus dem anderen Zimmer die Hustenanfälle des Großvaters, und wenn jemand unten auf der Straße vorüberging, konnte man die Schritte und Worte klar und deutlich hören. «Denkst du an die Mama?» sagte der Papa wie nebenbei, als es mir schon schwerfiel, seine Fragen nach der Schule und über meine Lektüre zu beantworten. «Erinnerst du dich noch an sie?»

Als wäre plötzlich ein Licht in der Wohnung aufgeflammt oder ein Schrei hätte sie durchdrungen und mich aus meiner Schläfrigkeit gerissen, schlug ich die Augen wieder auf, und in dem matten, bläulichen Licht, das jetzt den ganzen Raum durchflutete, sah ich den Papa an und antwortete: «Immer denke ich an sie, immer.» Vielleicht merkte er, wie erregt ich war; er schob einen Arm unter meinen Nacken, drehte sich zu mir, küßte mich wieder auf den Mund und sagte: «Du mußt die Mama immer sehr lieb haben.» Es war mir, als ob ich mich von diesem Augenblick an dem Papa anvertrauen und von ihm Wunderdinge über die Mama erfahren könnte; in einer Aufwallung küßte ich ihn auf den Mund und hatte plötzlich einen Kloß im Hals, der nur auf ein Wort von ihm wartete, um sich in Weinen aufzulösen. Der Papa sagte: «Aber die Mama ist tot. Und du weißt jetzt, was das heißt, es heißt, daß sie nie mehr wiederkommt. Die Großmutter ist alt und kann krank werden, wie der Großvater. Du wirst lernen müssen, dich an eine neue Mama zu gewöhnen, die dich jetzt schon so lieb hat, als wäre sie schon immer deine Mama gewesen.» Diese Worte im Lichtschimmer des Zimmers schienen mich verführen zu wollen; die Stimme des Vaters, der sie geflüstert hatte, hatte ihren vertraulichen Klang verloren, und in dem überredenden Ton schien die Verheißung einer Niedertracht anzuklingen. Das waren nicht die Worte, auf die ich gewartet hatte; der Kloß in meinem Hals löste sich, und ich hatte den Geschmack von unterdrückten, hinuntergeschluckten Tränen im Mund. Und doch begannen diese Worte ihre Wirkung auf mich auszuüben. Im Schein des Zimmers, den Papa neben mir und umgeben von den gewohnten Gegenständen, glaubte ich, daß der Papa die Fähigkeit besäße, mir meine Mama wiederzugeben, daß die Mama, von ihm beschworen, sichtbar und ätherisch wiederkäme, wie eine feenhafte, zauberische, himmlische Erscheinung, daß sie von ihrem Stück Himmel heruntersteigen, zu uns zurückkehren würde, in ihrer Engelsgestalt, mit den vertrauten Gesichtszügen und in das weiße Gewand gehüllt, um den Mund den Anflug eines Lächelns, und daß wir ihre Stimme wieder hörten. Ich rückte näher an den Papa heran und umarmte ihn, vor Angst schaudernd, ganz fest, als wollte ich, eng an ihn gedrückt, den Mut finden, die Mama wiederzusehen. Er sprach weiter und sagte: «Willst du sie kennenlernen? Willst du?» In Papas Armen, unter seinen Liebkosungen, die mich nicht verstanden, antwortete ich, in meine Vision versunken: «Ja, ich werde die neue Mama liebhaben.» Dann schlief ich ein. Als ich aufwachte, lag ich immer noch eng an den Papa geschmiegt, der im Schlaf tief atmete und ein bißchen grunzte: Ich schwitzte, und der Arm meines Vaters, auf dem mein Nacken lag, erschien mir hart und ungastlich. Der Schein im Zimmer war stärker geworden; ein Mondstrahl, gerade über dem Geländer, schien vor dem Toilettentisch eine Pfütze von Licht zu bilden. Ich erinnerte mich an die Verheißung von Papa, und als würde ich erst jetzt wirklich erwachen, begriff ich die Wahrheit: Nicht meine Mama hatte man mir verheißen, sondern eine fremde Frau, die liebzuhaben ich versprochen hatte. Ich saß im Bett, und ich spürte meinen Schweiß, vermischt mit dem von Papa, auf der Haut. Ein paar Minuten lang hatte ich das Gefühl, Papas Komplize und auf ewig seinem Gebot und seiner Berührung ausgeliefert zu sein. Aus dem anderen Zimmer hörte ich die leisen Schritte der Großmutter, aus denen ich Trost schöpfte. Vorsichtig stieg ich aus dem Bett und ließ den Papa allein weiterschlafen; es schien mir, als hätte auch die Mama, die ich mir lebendig in ihrem Zimmer vorgestellt hatte, ihn verlassen.

Die Großmutter stand am Bett des Kranken; ich sah, wie verändert mein Alter war, wie plötzlich ausgetrocknet; keuchend atmete er mit der ganzen Brust, aus seinem offenen Mund kam ein Röcheln, das Gesicht war so bleich, als wäre es aus Pappmaché, das Kinn nach oben stehend, und der borstige, ungepflegte Bart wirkte auf der faltigen Haut wie unecht. Mit der einen Hand fühlte die Großmutter seinen Puls, die andere legte sie auf seine Stirn. Dies tat sie mehrmals, ganz mechanisch, ohne mich zu bemerken. In der tiefen Stille der Wohnung und des Alkovens hörte man nichts als das heftige Röcheln des Großvaters und das Ticken des Weckers auf dem Wohnzimmertisch. Ich spürte, wie mir der Schweiß auf der Stirn, im Nacken und im Kreuz gefror; mit nackten Füßen stand ich auf dem Fußboden des Alkovens. Ich ging zur Großmutter hin, und jetzt erst bemerkte sie mich, ihre Augen konnten immer noch Tränen vergießen. Und als ich den Großvater aufmerksam ansah und mich dann schweigend ihr zuwandte, sagte sie: «Das geht nun schon seit einer Stunde so. Soll ich den Papa rufen?» Aus all den verworrenen Gefühlen, die mich bewegten, stieg eine noch größere Angst in mir hoch, und ich sagte: «Nein, nein, was könnte er um diese Zeit schon tun?» Ich fröstelte immer mehr; ich steckte meine Füße in die Pantoffeln des Großvaters und legte mir einen Schal um die Schultern. Mit einemmal schlug der Kranke die Augen auf: «Medizin», schien er sagen zu wollen; die Großmutter hob ihm den Kopf hoch, und der Alte, die Augen nun wieder geschlossen und am ganzen Leibe zitternd, bekam seine Arznei, die ihm die Großmutter mit einem Löffel einflößte. Kaum lag der Großvater wieder auf dem Rücken, wurde er von heftigen Stößen geschüttelt; für einen Moment öffnete er noch einmal die blutunterlaufenen, wäßrigen Augen, die vor mir aufglänzten, dann sank er steif und regungslos zurück, während sich von seinen Lippen ein Strom schwarzer Flüssigkeit auf Kinn und Brust ergoß.

Nach dem Tod des Großvaters schien die Wohnung unglaublich leer. Als er noch lebte, kam er immer erst abends nach Hause, wie ein Gast, und doch war es uns, als würde die Wohnung die Zeit nur damit zubringen, auf diesen abendlichen Gast zu warten. Lautlos trat er ein, fast wie eine Erscheinung stand er plötzlich im Wohnzimmer, und zum ersten Mal am Tag unterbrach ein Dritter mit seiner Anwesenheit die gewohnten Gesten und die liebevollen Auseinandersetzungen zwischen der Großmutter und mir. (Der Papa kam spät in der Nacht nach Hause und ging unbemerkt in das Zimmer der Mama; seit Monaten aß er nicht mehr bei uns, und im Verhalten der Großmutter ihm gegenüber bemerkte ich so etwas wie versteckte Feindseligkeit. Eines Tages, als ich zerstreut über meinen Schulaufgaben saß, hörte ich aus der Küche einen schroffen Wortwechsel zwischen dem Papa und der Großmutter. Die Tür wurde heftig zugeschlagen, nachdem der Papa gereizt bemerkt hatte: «Man kann nicht nur von Erinnerungen leben!» Und als die Großmutter nicht erschien, ging ich zu ihr in die Küche; ich fand sie, die Hände im Schoß, im Dunkeln sitzen, müde und enttäuscht sagte sie: «Geh wieder ins Wohnzimmer»; in der Küche roch es nach Rosmarin.) Der Großvater setzte sich zu uns an den runden Tisch, und wie damals, als ich an der Peripherie wohnte, las ich ihm, schüchtern und doch glücklich über meine Worte, eine Seite nach der anderen aus meinen Abenteuerbüchern vor; mit großer Aufmerksamkeit hörte der alte Mann zu, und seine kleinen Augen leuchteten vor gespannter Erwartung und Zuneigung; dann zog er das abendliche Geschenk aus der Tasche: ein Stück Kuchen, einen Apfel, eine Orange, auch Datteln und Granatäpfel. Seine lauschende Gestalt verlieh der Wohnung Leben, und ich fühlte, daß mein Tag erfüllt war; es war, als ob sich die Wohnung in ihrem Dunkel sammle, das Zimmer sich enger um unsere

Gestalten schlösse, und das Herz wurde mir warm, wenn ich den weißhaarigen Alten ansah, bei dem selbst das Gesicht und die Augen vor Weiße leuchteten. Sogar in der Haltung der Großmutter lag Milde, und es gelang ihr, etwas von ihren Gefühlen erkennen zu lassen.

Jetzt, da der Großvater tot war, schien die Wohnung unglaublich leer, groß und angsteinflößend, das Dunkel der Alkoven tief und undurchdringlich. Die Großmutter bewegte sich darin wie ein Automat, schwarz und geisterhaft, mechanisch in allen Ecken aufräumend und Staub wischend, und wurde immer stiller und bleicher. Sie richtete mir mein Schulbrot her, küßte mich auf die Stirn, und ihre Lippen waren eiskalt; die roten Augenhöhlen, die jetzt keine Tränen mehr hergaben, schienen in einer gewollten, verzweifelten Erstarrung des Gesichtes zu vernarben. Ich hatte nur über die Straße zu gehen und auf der anderen Seite die Schwelle der Schule zu überschreiten. Von dort gesehen, war die Kaserne ganz anders, als ich sie mir vorgestellt hatte: Die weiß gekalkten Wände, die schwarzen Bänke, das Pult, die Tafel und die Kameraden, die meinem Lerneifer feindlich gegenüberstanden, ja sogar die Ermutigung von seiten der Lehrer erfüllten mich mit Traurigkeit. Oh, was für ein eitler, rätselhafter Junge ich war! Jeden Tag sah ich während des Unterrichts die schwarze, geisterhafte Gestalt der Großmutter vor mir, wie sie am Balkon stand, auf gleicher Höhe mit den Drähten der Lichtleitungen, und mir auf meinem kurzen Weg über die

Straße nachblickte: Ich versuchte, mich ganz auf die Stimme der Lehrerin zu konzentrieren, wie auf eine greifbare Realität des Lebens. Es waren zwei Jahre langsam zermahlener Traurigkeit, mit wenig Licht und nicht enden wollender Verzagtheit. Und während des trübsinnigen Wartens von einem Tag zum anderen, von einer Mahlzeit zur anderen, von einem Schlaf zum anderen verloren auch die Bilder der Vergangenheit ihren Schrekken, und meine Seele wurde von anderen phantastischen Gedanken und neuen Empfindungen bewegt. Ich paßte mich den häuslichen Gewohnheiten und denen der Großmutter an, und der Papa kaufte mir Bücher, die in meinem Geist die Hoffnung auf berauschende Abenteuer, unbekannte Welten, starke Männer, vergossenes Blut und ewige Liebe weckten. Doch auch mir gegenüber war der Papa kalt und gereizt, seit der Nacht, in der er mir die Mama verheißen und dabei meine Liebe verraten hatte: Seit jener Nacht fürchtete ich seine Gegenwart, und mit einer Regung stets neu erwachenden Mißtrauens nahm ich die Bücher und ertrug seine zerstreuten Liebkosungen.

Dann begann die Zeit, in der die Großmutter von den ersten heftigen Attacken ihres Magenleidens befallen wurde. Sie fing an, stundenlang auf dem hellblauen Sofa zu sitzen, der Atem stockte ihr, während ihre Brust von Brechanfällen geschüttelt wurde, die immer länger dauerten und die sie wie betäubt zurückließen, den Kopf nach hinten gelehnt und das Kinn feucht von Schleim und Speichel. Von Zeit zu Zeit richtete sie sich jäh auf, den Hals gereckt und angespannt wie ein scheuendes Pferd, und ließ dann, von ersticken-dem Brechreiz gequält, den Kopf auf den Arm fal-len, der auf der Tischkante lag. Bei der vergebli-chen Anstrengung der Kehle, die ganz verkrampft war und an der die Adern hervortraten, kamen dicke gelbe und grünliche Klumpen aus ihrem Mund, ein Schwall gallertartiger Flüssigkeit und lange Schleimfäden, mit denen der Brechreiz ende-te. Ich hob ihr die Stirn hoch, ihr Gesicht glänzte von kaltem Schweiß, die geschwollenen Augen blickten ganz benommen, und wenn ich sie beim Namen rief und trösten wollte, hatte ich den Ein-druck, daß sie mich gar nicht hörte. Ich streute ein paar Hände Sägemehl auf die kleine Lache, die sich auf dem Fußboden gebildet hatte, und ordnete ihr verschwitztes, an den Schläfen klebendes Haar. Langsam beruhigte sie sich. Während ich sie an-starrte, sah ich, wie ihre Gesichtszüge, bis dahin verzerrt und wie aus den Fugen geraten, wieder ei-nen ruhigeren Ausdruck annahmen, das krampf-hafte Zucken der Nasenflügel nachließ und die Halsadern abschwollen, die stark hervorgetrete-nen Augen wieder einen normalen Ausdruck ge-wannen. Sobald die Großmutter den Anfall über-wunden hatte, fand sie zu ihrer gewohnten unbeugsamen und verschlossenen Haltung zu-rück.

Wir gingen jetzt selten außer Haus, eine Nachbarin kaufte für uns ein, ich stand endlos lange am Balkon, der Schuhmacher hämmerte auf den Sohlen herum, und mein Blick folgte den wenigen Passanten auf der Straße; das abendliche Glockengeläut von den nahe gelegenen Kirchen Orsanmichele und Badia a San Firenze gesellte sich zu meiner Langeweile wie ein wehmütiges Rufen. Hinter mir lag die Wohnung in Dunkel getaucht, und aus dem tiefsten Dunkel des Alkovens drang das Murmeln der Großmutter zu mir, die mit dem Rosenkranz in den Händen betend vor den Fotografien des Großvaters und der Mama kniete, die auf dem Nachttisch standen. Dann erlaubte mir die Großmutter, für eine halbe Stunde aus dem Haus zu gehen: «Um ein bißchen Luft zu schnappen», sagte sie, «damit du ein bißchen Ablenkung hast.» Aber die Stadt war wie verloren für mich, vergessen und verloren. Ich kam zur Piazza Signoria, wo ich in der offenen Weite der Palazzi und dem Rauschen des Brunnens aufzuatmen hoffte; in die stille Kühle der Uffizien, aus deren Nischen mir die berühmten Männer das Gefühl von Unbeweglichkeit einflößten: In den erstarrten Gesten der Statuen sah ich meine eigene Unfähigkeit, zu lächeln und mich mitzuteilen, verstanden und gehört zu werden. Unter der Loggia de' Lanzi sitzend, verbrachte ich meine Handvoll Freiheit mit Lesen. Und eines Abends kamen aus der Via della Ninna Männer in schwarzen Hemden und andere in Zivil auf die Piazza gelaufen, die eine schwarze Fahne mit einem weißen Totenkopf darauf schwenkten; sie sangen, und in ihrem Gesang erklang immer wieder das Wort «giovinezza», Jugend. Auf der Piazza machten die

Männer halt; ich sah kurze Stöcke in ihren Händen und wie sie schreiend auf dem Platz hin und her liefen, von dem auf einmal alle Passanten verschwunden waren. Von der Ecke der Via de' Gondi stieß eine weitere Gruppe von Männern in Zivil dazu, an ihrer Spitze ein Offizier der Armee, hager und größer als alle anderen. Nachdem sie sich vereinigt hatten, stieg einer von denen im schwarzen Hemd und feldgrauen Hosen, die unter den Knien ganz eng waren, die wenigen Stufen des Palazzo Vecchio hinauf; die Männer der beiden Gruppen, inzwischen bunt vermischt, bauten sich vor ihm auf, der nun einige Minuten lang mit harter, keinen Widerspruch duldender Stimme sprach. Ich war allein und verborgen hinter den Marmorlöwen der Loggia. Laute Rufe hallten über den leeren Platz: «*Roma*» hörte man und «*A noi*», «Heil», und der Totenkopf wogte auf dem schwarzen Tuch, über den geschwungenen Knüppeln, in einem Durcheinander von Schwüren, von Namen, die von Beifallsrufen, und solchen, die von Pfiffen und Gebrüll begleitet wurden. Der Anführer stieg wieder auf den Platz hinunter, mischte sich unter seine Gefolgschaft, und die Männer stellten sich nahe dem Brunnenbecken im Kreis auf. Undeutlich hörte ich Stimmen, als ob Befehle erteilt würden. Plötzlich ertönte aus einem nahen, auf der Seite der Via Por Santa Maria gelegenen Gäßchen der laute Ruf: «Nieder mit ihnen!», offenbar von einem Mann ausgestoßen, der sich zwischen den Mauern der umliegenden Palazzi versteckt hielt. Im selben Moment stoben die durch den Ruf aufgeschreckten Männer über den Platz und schrien ihrerseits «Tod!», «Nieder!» und «Heil!»; dann setzte sich der Offizier, gefolgt von ein paar Getreuen und mit gezogener Pistole, ab und verschwand in Richtung des Gäßchens; die anderen zogen sich auf der gegenüberliegenden Seite im Laufschritt in Richtung der Uffizien zurück, und die Fahne wehte über ihnen. Rufe und Schreie stiegen in den Abendhimmel, und dann blieb der Platz wirklich menschenleer, bis eine Straßenbahn klingelnd aus der Via Calzaiuoli herausfuhr. «Die Faschisten», sagte ich vor mich hin, «die Faschisten und die Kommunisten», und mir kamen Worte in den Sinn, die ich gehört und die mir niemand erklärt hatte. Ich verließ mein unfreiwilliges Versteck und folgte in einiger Entfernung den Männern, die immer kleiner und schwärzer wurden und sich wie Schatten in der leeren Weite der Uffizien bewegten, über die der Abend hereingebrochen war. An der Einmündung der Via Lambertesca ließen mich Pistolenschüsse und Schreie innehalten; ich sah, wie sich in der Kurve, in der die Straße in den Borgo Sant'Apostoli übergeht, Schatten bewegten, als ob sie sich neu gruppierten und dann weiterzögen; noch weiter weg hörte ich erneut Schüsse und sah es ganz kurz aufblitzen. Ich rannte nach Hause.

Das neue Schuljahr rückte näher; in der Zeit, in der ich länger im Bett des Alkovens bleiben konnte, hatte ich die Gewohnheit wiederaufgenommen, das allmorgendliche Geschehen auf der

Straße zu verfolgen. Neu war die Anwesenheit eines Zeitungsverkäufers, auch die Stimme des Postboten war nicht mehr dieselbe, und um die Mittagszeit erschien ein Händler mit gekochtem Obst und dem schmachtenden und rätselhaften Ruf: «Pettorali!»* Dann hörte man dumpfe, paarweise aufeinanderfolgende Hammerschläge, die den vertrauten Rhythmus des Schuhmachers auslöschten: Ich ging zum Fenster und sah unten auf der Straße eine Fuhre Balken und Maurerwerkzeuge; eine Gruppe von Arbeitern begutachtete die Fassade der Schule und richtete dicke Holzpfähle davor auf; in den darauffolgenden Tagen wuchs ein mehrstöckiges Baugerüst mit Innenleitern bis zur Höhe meines Fensters empor. Mit der Unbekümmertheit eines Seiltänzers nagelte ein junger Bauarbeiter einen Pfahl über den anderen, bohrte Löcher in die Wand mir gegenüber, schmierte sie mit Kalkmörtel zu, befestigte an einem Pfahl einen ersten Balken, verband diesen mit einem zweiten und errichtete ganz allein das Holzgerüst in der Höhe meines Fensters: Von der darunterliegenden Ebene reichten ihm die Arbeitskameraden die Balken und die Kelle mit Mörtel hinauf und feuerten ihn munter an; ich sah ihm vom Fenster aus zu; er war ein hübscher Bursche mit dunklem Haar, braungebrannten Armen und einer abgewetzten, in den Nacken gedrehten Schirmmütze. «Wir machen deiner Schule ein

* Auf das 18. Jh. zurückgehend, in dem man gekochtes Obst als Heilmittel für Krankheiten der Brust (*petto*) betrachtete.

neues Gesicht», rief er mir zu. Als auch das Gerüst auf der Höhe meines Fensters fertig war, kletterte er noch höher, bis über die Drähte der Lichtleitungen hinaus. Er paar Tage lang aßen die Arbeiter mir gegenüber; sie wickelten gelbe Pakete aus, zogen Weinflaschen und Obst hervor und gossen sich aus einer zwischen ihnen stehenden Chianti-Flasche, der der Strohmantel fehlte, Wasser in den Mund.

Vi si legge «Villino Maria»
l'invidia che passa più gialla si fa...

(Auf dem Haus steht «Villino Maria»,
und wer vorbeigehn muß, wird gelb vor
Neid...)

sangen sie. Ein noch jüngerer Arbeiter, in kurzen Hosen und mit einem roten Tuch um den Hals, stieg hundertmal am Tag mit Mörtelsäcken und Brettern auf den Schultern die Leitern am Baugerüst hinauf. Die Straße hallte von den Stimmen der Männer und dem Arbeitslärm wider; die Großmutter ärgerte sich über den Staub, der in die Wohnung drang, über die Lieder und die dreisten Reden. Wenn die Großmutter sich beschwerte, sagten sie: «Es dauert nicht mehr lang, bald werden wir den Laden hier dichtmachen.» Es waren vergnügte Tage, die ich damit zubrachte, den Männern bei ihrer Arbeit zuzuschauen, bis sie dann wirklich eine dichte Wand aus Strohmatten vor den Gerüsten anbrachten und dahinter verschwanden; man hörte ihre Lieder wie in einem Spiel, und die Geräusche hinter der provisorischen Strohwand klangen nur noch gedämpft.

Der Papa hatte seit einiger Zeit seine Arbeit als Kellner wiederaufgenommen. «Als Aushilfe», sagte er. «Alle Drückeberger haben eine Stellung, und wir, die im Krieg waren, müssen als Aushilfen arbeiten», antwortete er auf die Fragen der Großmutter, wenn sie ihm warmes Wasser zum Rasieren brachte. An einem Sonntag, an dem die Straße wieder zu ihrer gewohnten Ruhe zurückgefunden hatte, blieb der Papa lange im Schlafzimmer; als er herauskam, saßen die Großmutter und ich bereits beim Mittagessen am runden Wohnzimmertisch. Er setzte sich zu uns; die Großmutter fragte ihn, ob er den Tag mit uns zusammen verbringen wolle, er antwortete, das könne er nicht, sah die Großmutter und mich an und wirkte verlegen und mißtrauisch. Wir waren noch bei der Suppe, ich legte beim Essen die linke Hand auf den Tisch, und der Papa spielte ein paar Minuten mit ihr, hob einen Finger nach dem anderen hoch und ließ ihn wieder fallen; er lächelte und wandte sich dann, wie in einem plötzlichen Entschluß, zur Großmutter: «Also, ich habe mich entschlossen, wieder zu heiraten», und er setzte hinzu: «Dieses Mal bin ich wirklich entschlossen.» Zuerst gab die Großmutter keine Antwort und führte weiterhin ihren Löffel zum Mund, und da ich aufgehört hatte zu essen, sagte sie gereizt: «Iß!» Es herrschte Schweigen. Papas Worte schienen weit zurückzuliegen, gesprochen an einem fernen Tag, und es war, als überraschten wir uns in diesem Moment alle drei dabei, daß wir uns an sie erinnerten. Und aus dieser Distanz sagte die Großmutter: «Immer noch diese Matilde?» Ihre Stimme hatte einen bösen Klang, der mich ängstigte. Der Papa hatte ein Glas in die Hand genommen, stellte es abrupt wieder hin und sagte: «Jawohl, immer noch diese Matilde. Und diesmal ohne Wenn und Aber. Auch wenn ich nicht wollte – ich müßte.» Die Großmutter schien einen Moment lang bestürzt; sie legte die Hände auf den Tisch und sagte, während sie den Kopf über den Suppenteller neigte: «So ist das also», als spräche sie zu sich selbst. Dann blickte sie dem Papa ins Gesicht, grausam erschien sie mir in diesem Moment, ihre Nasenflügel bebten vor Zorn, ihre Lippen zitterten: «Da hat sie dir ja einen schönen Streich gespielt, dieses Weibsstück», sagte sie. Bei diesen Worten sprang der Papa auf, daß der Stuhl umfiel, schlug mit der Faust auf den Tisch, stieß einen Fluch aus und stürzte zum Fenster, und als er zu uns zurückkam, sagte er, nun wieder ruhig und versöhnlich: «Ich will, daß der Junge sie kennenlernt. Heute hole ich ihn ab.»

Stunden später pfiff der Papa von der Straße herauf, ich schaute aus dem Fenster, um ihm durch ein Zeichen zu verstehen zu geben, daß ich herunterkommen würde. Die Großmutter hatte den ganzen Nachmittag kein Wort gesagt; nachdem der Papa gegangen war, hatte sie weitergegessen, wenig und mit Mühe, wie immer. Dann wurde sie von einem Anfall ihres Leidens überrascht, und nachdem sie sich von dem schmerzhaften Erbrechen erholt hatte, half sie mir beim Anziehen: die schwarzen Hosen und das havannabraune Hemd aus Rohseide. Verworrene Gefühle bewegten mein Herz: Ich versuchte, Haß gegen die Frau zu empfinden, die ich kennenlernen sollte, und beschwor absichtlich das Bild der Mama herauf, um dem Reiz des Neuen, das da auf mich zukam, zu widerstehen. Die Haltung der Großmutter, die mehr ausdrückte, als es viele Worte hätten tun können, bestärkte mich in meiner Abneigung gegen die unbekannte Frau; sie hatte mich zum Ankleiden ins Schlafzimmer der Mama geführt und kämmte mich eigenhändig vor dem Toilettentisch. Der Papa pfiff erneut von der Straße herauf, die Großmutter küßte mich auf die Stirn, und ich sah, daß ihre braunen Augen wieder gerötet waren: Ich war schon auf der Treppe, als sie mich noch einmal zurückrief, um mir das Taschentuch zu geben, das wir vergessen hatten: Wir standen auf dem Treppenabsatz, im Halbdunkel, und vor dem Hintergrund der weit geöffneten Küchentür umrahmte ein noch tieferes Dunkel unsere Gestalten. Mit einer zärtlichen und zugleich verzweifelten Geste umarmte mich die Großmutter und schluchzte, wie sie es nie zuvor getan hatte. Wir lösten uns voneinander, als müßten wir für immer Abschied nehmen.

Auf der Straße empfing mich der Papa mit einem Lächeln. «Bist du elegant!» sagte er. Als ich zu unserem Fenster hinaufblickte, suchte ich vergebens nach der Großmutter und ihrer winkenden

Hand. Der Gehsteig war mit Zementsäcken, Balken und Strohmatten vollgestellt, die an der Wand unseres Hauses aufgereiht waren und auf die am nächsten Tag zurückkehrenden Maurer warteten. Der Papa und ich gingen durch die Via Condotta und die Via Portarossa bis zum Ponte Santa Trinità. An diesem späten Nachmittag war die Luft am Arno-Ufer lau und alles wie in rosiges Licht getaucht, denn die Sonne ging riesengroß über den Cascinen unter, und der senkrecht über den Häusern aufragende Kampanile der Cestello-Kirche schien sich in ihrem Licht aufzulösen. Die vielen Menschen, die gemächlich an den Straßenseiten dahinschlenderten, bildeten ein lockeres Spalier für die Autos und die Droschken, die, als ob sie sich grüßen wollten, unter Peitschengeknall und lautem Gehupe aneinander vorbeifuhren; auf dem Fluß wiederholten Barken, beladen mit Männern und Frauen, und die Sportler in ihren Ruderbooten in einer anderen fröhlichen Dimension den Verkehr auf der Straße. Als wir die Via Maggio hinuntergingen, fragte der Papa neben mir: «Du bist nicht froh? Warum?» Und da ich nicht antwortete und entschlossen in meinem Trotz verharrte, fügte er hinzu: «Die Großmutter hat dich aufgehetzt, nicht wahr?» Auch diesmal gab ich keine Antwort. Er zwang mich, vor ihm stehenzubleiben, legte mir die Hand unters Kinn und hob energisch mein Gesicht nach oben. «Schau mir in die Augen! Du mußt höflich sein, zumindest höflich, hörst du?» Seine Stimme klang jetzt versöhnlich und bittend. Wir gingen weiter, und die Via

Maggio lag zwischen ihren hohen Häusern verlassen und still wie unsere Straße; die Luft des Frühlingsabends war kühl und rief angenehme Schauder auf der Haut hervor. Meine Gefühle waren verworren, ich wartete ab, in einem unbestimmten Groll befangen, unfähig, mein Verhalten vorauszuplanen, einen Gedanken zu fassen oder mir eine Vorstellung zu machen. Ich ging neben dem Papa her, hielt jedoch instinktiv etwas Abstand und drückte mich beim Gehen an die Hauswände und Portale. Plötzlich war der Papa dicht neben mir und nahm mich an die Hand, und seine Hand war warm und feucht: «Da ist sie», sagte er, «sei brav.»

(Und an jenem Abend weinte ich, eng an die Großmutter geschmiegt, in unserem Bett im Alkoven. Am Tag darauf erlitt die Großmutter einen noch heftigeren Anfall und lag regungslos, schwarz und gespenstisch, auf dem hellblauen Sofa. Fremde Männer kamen mit einer Bahre, um sie wegzutragen, meine Großmutter. Zum Abendessen richtete mir Ebe Milchkaffee und geröstetes Brot, und ich schlief wieder beim Papa. Viele Tage später verließen der Papa und ich die Wohnung in der Via de' Magazzini. Zum letztenmal stand ich am Balkon; die Kasernen-Schule gegenüber hatte sich verändert, sie hatte einen kanariengelben Anstrich und breitere Fenster mit hohen, undurchsichtigen Scheiben, neue Dachrinnen, die wie aus Silber schienen, und war mir jetzt fremd; und auch die Wohnung war mir fremd, eingeschlossen in ihren Schatten. Nichts blieb mir von der Wohnung als die Erinnerung an die Mama, eine Erinnerung voller Angst, die sich in mein Herz gesenkt hatte. Was nun begann, war die Zeit der Wohnung in Santa Croce, die Zeit mit Matilde, der verzweifelten Tage der Jugend, die ich lieber vergessen hätte.)

Zweiter Teil

Es war wieder Sommer, Juni. Der Onkel, der an der Peripherie gewohnt hatte, war gestorben, und das Gesicht der Großmutter, die in einem Saal des Krankenhauses lag, wurde magerer und magerer. Wenn der Papa und ich sie besuchten, weinte sie immer, in einem Schluchzen ohne Tränen, regungslos auf dem Rücken liegend; sie brach in Verzweiflung aus über einen lose an meiner Jacke hängenden Knopf, über mein zerzaustes Haar. Ich küßte sie auf die Stirn, spürte ihren strengen Atem auf meinem Gesicht und roch den Geruch von Medikamenten und Exkrementen, der ihr Bett umgab: Jedesmal war ich erstaunt, sie immer noch lebend und weinend im Bett vorzufinden. Die Schrecken, der Haß und die Unruhe meiner Tage mit Matilde hatten sie mir als lebendiges Wesen entschwinden lassen; auch meine Zuneigung zu ihr gehörte jetzt der Zeit an, als wir in der Via de' Magazzini gewohnt hatten, und ihr Bild war, wie das des Großvaters und des Onkels, das Bild eines verlorenen Gesichtes, das in meinem

Herzen verblaßte. Einzig die Mama, zurückgeholt durch Matildes unwillkommene Gegenwart, hielt stand, um mir die störrische Kraft zum Reagieren zu geben, die Kraft, einer Vergangenheit treu zu bleiben, in der ich in meinen Gefühlen frei war. Wenn ich die Großmutter so wiedersah, lebend und doch wie das tote Abbild ihrer selbst, wie sie in einem der vielen aneinandergereihten Betten lag, wo ihr weinendes und verrunzeltes Gesicht nur eines von vielen anderen aneinandergereihten Gesichtern von Frauen war, Frauen allesamt in Weiß, vor weißen Wänden und in weißen Betten, in einer fremden und bedrückenden Umgebung, dann hatte ich den Eindruck, einer grausamen Komödie beizuwohnen. Mit einem Gefühl der Erleichterung folgte ich dem Papa, der sich verabschiedete, die Großmutter ergriff meine Hände und drückte sie verzweifelt, mit dem letzten Rest ihrer Kraft. Manchmal trafen wir bei der Großmutter Rita und Ebe, schwarz gekleidet, aber herzlich und immer noch jung. Sie erzählten, daß Abe geheiratet und daß sie ein Kind bekommen habe, daß an der Straße zum Schlachthof neue Häuser gebaut worden seien, daß neue Geschäfte eröffnet würden und Vanda zu einem hübschen Mädchen heranwachse.

Es war Sommer, und abends war es in der Wohnung glühend heiß und unerträglich stickig. Ich aß zusammen mit Matilde und ihrer Schwester Giovanna, und zum Essen trugen wir den Tisch ans Fenster; die beiden Frauen, nur in Unterkleidern, stöhnten über die Hitze und den Durst.

Wenn Matildes Kind eingeschlafen war, gingen die beiden Frauen oft aus, ins Kino, in welches weiß ich nicht, und kamen spät in der Nacht mit dem Papa zurück. Der Papa hatte mir erlaubt, nach dem Abendessen aus dem Haus und auf die nahe Piazza zu gehen, wo die Leute aus dem Stadtviertel zusammenkamen, um die Kühle zu suchen. Matilde hatte sich geweigert, mich dorthin zu begleiten, denn sie wollte nichts mit den armen Leuten zu tun haben, die sich dort trafen. Auf dem Platz halfen mir die neuen Schulkameraden und Spielgefährten, die ich dort kennenlernte, den Alptraum meines Zuhauses zu vergessen. Es waren glückliche Abende meiner Jugendzeit, wilde Knabenspiele, bei denen ich zum erstenmal meine Kraft erproben konnte, stolz, in mir die Möglichkeit zum Widerstand zu entdecken, die Fähigkeit zum Angriff und zur noblen Geste des Nachgebens. Auf den Bänken und den Laternensockeln saßen Frauen aus dem Volk, die sich pausenlos ihren hochwichtigen Gesprächen hingaben, um sie herum Scharen von kleinen Kindern, Männer in Hemdsärmeln, junge Burschen und Mädchen, die das Gewirr der Stimmen, das Geschrei und Gehupe und das Durcheinander der Kutschen, die mit ihren Rädern das Straßenpflaster ruinierten, nichts anzugehen schienen. In der Nähe unserer Gruppe von Jungen, die sich am äußersten Ende des Platzes bei einem Pilaster unweit des Brunnens zu versammeln pflegte, erschien gewöhnlich eine Gruppe kleiner Mädchen; manchmal unterbrachen sie ihr Seilhüpfen und ihre fröhlichen Reigenspiele:

– Ho tante belle figlie Madama Dorè
ho tante belle figlie.
– Me ne dareste una Madama Dorè
me ne dareste una…

(– Ich hab' viele schöne Töchter,
Madame Dorè,
ich hab' viele schöne Töchter.
– Würdest du mir eine davon geben,
Madame Dorè,
würdest du mir eine davon geben…)

Sie wollten unseren Kämpfen und den bis zur Erschöpfung betriebenen Dauerläufen rings um den Platz zuschauen, bei denen derjenige gewann, der als letzter aufgab. Ihnen zu Ehren und zu ihrer Unterhaltung veranstalteten wir Wettrennen, liefen auf den Händen, sprangen aus dem Stand über die Bänke. Sie lachten und liefen davon, wenn einer es wagte, zu ihnen hinzugehen und sie anzusprechen. Schließlich zähmten sie uns dadurch, daß sie uns an ihren bedächtigeren Spielen teilhaben ließen und unter uns Jungen instinktiv eine Wahl trafen: Es fing damit an, daß sie nicht mehr davonliefen, nicht mehr lachten, wenn einem von uns sein Kunststück mißlang, sondern ihn anspornten, es noch einmal zu versuchen, und ihm dabei halfen; dann luden sie uns ein, an ihren Spielen teilzunehmen. In zwei Reihen aufgestellt und uns über Kreuz an den Händen haltend, gingen wir aufeinander zu und sangen dabei:

– Son belle e me le tengo Madama Dorè
son belle e me le tengo.

(– Schön sind sie, und ich behalte sie,
Madame Dorè,
schön sind sie, und ich behalte sie.)

Die, die ausgeschlossen blieben, wurden unsere Feinde, warteten darauf, daß wir am Brunnen vorbeikamen, damit sie uns mit Wasser bespritzen konnten, spuckten aus, wenn wir ihnen begegneten, nannten uns «Weiberknechte» und forderten uns auch zu Faustkämpfen heraus. Unter den kleinen Freundinnen gab es eine, die ich beim Spiel stets an der Hand zu halten suchte: Es war ein Mädchen, das anfangs widerborstiger als die anderen und nicht so zimperlich und geschwätzig war, sondern im Gegenteil fast schüchtern wirkte. Wer weiß, warum sie gerade mir ihr Vertrauen schenkte und mich zum Gefährten beim Reigenspiel auswählte. Wir ruhten uns auf einer Bank aus, und sie sagte mir, daß sie in dieselbe Schule gehe wie ich und meinen Namen seit langem kenne. Wenn sich, während wir miteinander sprachen, unsere Hände berührten, wurden wir beide verlegen. Als ich ein paar Tage krank war, läutete es an unserer Wohnung, und als Matilde aus dem Fenster schaute, stand auf der Straße ein blondes Mädchen und sagte: «Wie geht es Valerio? Olga läßt ihn grüßen.»

Manchmal hörte ich abends beim Heimkommen, wie Matilde, die auf den Papa wartete, sich in ihrem Schlafzimmer nervös im Bett wälzte. Dann drang die Stimme der Frau an meine Ohren: «So spät kommst du nach Hause?» Durch das Oberlicht zum Treppenhaus sah man Schatten, die sich bewegten. Matilde rief mich zu sich ins Schlafzimmer, und ich fand sie fast unbekleidet auf dem Bett liegend; im Sommer roch die ganze Wohnung nach ihrem Frauenkörper. Ihr weißes Fleisch wogte inmitten des wackeligen Bettes, die großen Brüste schauten aus dem Hemd heraus, in das sie die Frau zu spät und gleichgültig wieder hineinsteckte. Eine Verwirrung, die nicht unbegründet war, ergriff mich; langsam trat ich näher und sagte: «Was willst du? Ich bin müde.» Sie forderte mich auf, mich auf die Bettkante zu setzen, und ich ließ zu, daß ihre Hände über meine Arme streiften. Sie sagte: «Wo bist du gewesen?» Das Zimmer war vom Geruch ihres verschwitzten und gepuderten Frauenkörpers durchtränkt. Und doch machte Matilde merkwürdigerweise einen frischen Eindruck, und der Schweiß auf ihrer Haut war kaum zu sehen. In der Wiege, die auf der anderen Seite des Bettes stand, atmete das Kind heftig, und aus Angst, es aufzuwecken, wurden die Worte nur geflüstert; die Nachttischlampe erhellte das halbe Bett, in den weit geöffneten Fenstern dahinter stand das Dunkel der Nacht, eine Katze jammerte, und aus dem Garten im Hof kam das laute Schnarchen eines Mannes. Matilde drehte sich auf die Seite, zu mir hin, wobei das Bettlaken bis zu den Hüften hinabrutschte, die sich jetzt unter dem enganliegenden Nachthemd deutlich abzeichneten; wie verzaubert starrte ich auf die blaue Ader, die sich von ihrem

Hals bis zur Brust zog. Sie reichte mir ein Buch von Carolina Invernizio, als Fortsetzungsroman aus der Zeitung ausgeschnitten und grob in Karton gebunden. Ich mußte ihr mit leiser Stimme vorlesen und deshalb noch näher an sie heranrükken. Nur mit Mühe bezwang ich meine Erregung, die sich durch ihre jetzt auf meinem Schenkel ruhende warme Hand noch steigerte. Während ich las, schlief sie ein, und als sie sich im Schlaf hin und her warf, entblößte sich ihr Körper noch mehr. Ich flüchtete in meine Kammer, wo ich verwirrt und wütend einschlief.

Am Morgen kam es durch die Gegenwart von Papa zwischen Matilde und mir zu einem Waffenstillstand, bei dem wir uns mit Blicken und andeutungsweisen Beleidigungen begnügten. Ich hatte gelernt, mein Bett zu machen, fegte meine Kammer, ordnete meine Bücher, las und ließ mich so wenig wie möglich in den anderen Räumen sehen: «Auch ein Junge hat seine Würde», sagte ich mir. Beim Mittagessen schaute mich der Papa wortlos an, und ich glaubte in seinem Blick eine Ermahnung zu lesen. Wenn er dann weggegangen war, schloß ich mich wieder in mein Zimmer ein; ich hörte Matildes Schwester Giovanna kommen und blieb über mein Buch gebeugt, aber unfähig zu lesen, so sehr lockten und kränkten mich die beiden Stimmen jenseits der Wand. «Ein Mann hat seine Würde», sagte ich mir. «Auch ein Junge hat seine Würde.» Doch blieb es bei dieser Feststellung. Im Zimmer nebenan unterhielten sich Matilde und ihre Schwester mit lauter Stimme, damit der junge Bursche sie hören konnte, der ihnen vom gegenüberliegenden Fenster aus Zeichen machte. Daß der junge Mann am Fenster war, merkte ich an dem munteren und selbstgefälligen Ton, den Matilde und die Schwester Giovanna im anderen Zimmer anschlugen. Ich wußte, daß Matilde irgendwann ihre großen Brüste aus dem Kleid hervorholen und sie neckisch dem Kleinen hinhalten würde, der gar nicht saugen konnte. Matildes Milch war «verdorben», und das Neugeborene «zog» nicht, wie Verwandte und Freundinnen, zwischen Scherz und Mitleid schwankend, immer wieder gesagt hatten. Die Brüste schwollen jeden Tag mehr an, wurden zu riesengroßen Blasen, auf denen die winzigen Röschen der Brustwarzen kaum zu erkennen waren. Der Bursche am Fenster gegenüber fuchtelte herum wie ein Hampelmann: Er streckte die langen Arme aus dem Fenster, verzog den Mund zu einem Sparbüchsenschlitz, tat, als würde er saugen, und verdrehte wie hingerissen die Augen. Die beiden Schwestern lachten schamlos. Matilde betastete ihre schneeweißen Brüste, die von blauen, jedoch ganz kleinen Äderchen durchzogen waren, bis hinauf zu den Schlüsselbeinen; die Schwester stand klatschend und hüpfend in gespielter Bewunderung vor ihr. Dann zwängte sich Matilde in einen großen Büstenhalter, und während ihn ihr die Schwester unter scherzhaften Mitleidsbeteuerungen auf dem Rücken zuknöpfte, seufzte sie wie jemand, der Schweres zu ertragen hat. Der junge Mann von gegenüber sank wie erschöpft auf die Fensterbank und konnte nur noch rufen: «Prachtvolles Weib!» Schließlich tat die Frau so, als wolle sie die Hemdhose wechseln, und als ob sie erst jetzt den jungen Mann bemerkte, der so aufmerksam herüberspähte, schloß sie unter einer letzten enttäuschten Geste ihres Bewunderers die Fensterläden. An den Tagen, an denen ihr die Milch Schmerzen verursachte, preßte sie ihre Brüste, um sich Erleichterung zu verschaffen, und solange die Hand die Brust zusammendrückte, spritzte ein starker weißer Strahl hervor, der die umstehenden Möbel und das Bett besprengte. Eines Tages hatte mir Matilde das Gesicht mit ihrer Milch bespritzt: Die lauwarme und klebrige Flüssigkeit traf meine linke Wange, und bevor ich mich von der Überraschung und meinem Ekel erholt hatte, rann sie mir auf die Lippen: Instinktiv, als müßte ich mich schützen und sie aufhalten, streckte ich die Zunge heraus, und ich hatte einen Geschmack wie von Heu, wie von Kamille im Mund. Verzweifelt wischte ich mir mit dem Jakkenärmel das Gesicht ab und lief aus dem Schlafzimmer. Durch das Gelächter der beiden Frauen hindurch hörte ich die Worte des jungen Mannes von gegenüber: «Bist du ein Glückspilz», rief er.

Sobald das Kind in der Wiege eingeschlafen war, verließen wir das Haus. Unsere Spaziergänge hatten kein Ziel, und die Frauen sagten beim Hinausgehen selbst: «Gehen wir ein bißchen bummeln.» Wenn wir durch unser Armeleuteviertel gingen, gaben sich die beiden Schwestern hochmütig und erwiderten mit kaum angedeutetem

Lächeln die Grüße der Kaufleute, von denen nicht wenige nur deshalb grüßten, weil sie darauf warteten, bezahlt zu werden: Diesen gönnte Matilde einen längeren Blick und ein leichtes Neigen des Kopfes, das bedeuten sollte: «Morgen, morgen kommt mein Mann vorbei» – wie sie es die wenigen Male, in denen sie sich dazu gezwungen sah, auch laut sagte. Sobald sie die Straßen des Zentrums erreicht hatten, wurde die Haltung der beiden Schwestern weniger selbstbewußt. Sie schienen sichtlich kleiner, als ob ihnen der Rücken mit einem Schlag aufs Becken gerutscht wäre. Matilde ließ meine Hand los, die sie bislang nervös umklammert gehalten hatte, und tastete nach Giovannas Arm. Ich ging weiterhin neben ihr her, fühlte mich jedoch gedemütigt und unbehaglich. In ihren Gesprächen hechelten die beiden alle Männer und Frauen durch, die ihnen begegneten: «Ein schöner Mann! – Die sieht aber gut aus!» hieß es. «Hübsche Nase – Schöne Zähne – Elefantenbeine – Flohaugen», sagte Matilde, und Giovanna: «Imposanter Brustkorb – Ein Schwindsüchtiger – Nicht aus echtem Schlangenleder, diese Schuhe.» Und unisono: «Der sieht aus wie Cesare, aber Cesare ist größer. – Und der wie Bastogi. – Die erinnert mich an die Semira.» Sie mußten sich jedes Schaufenster ansehen und an jeder Ecke vor den Kinoplakaten stehenbleiben, oft kehrten wir noch einmal um oder wir liefen durch viele Straßen und über viele Plätze, um zu einem bestimmten Kino zu gelangen und dort neugierig die Bilder eines Films zu betrachten, der die Frauen interessierte. Und oft ging

Matilde, die trotz allem ihren Beruf als Schneiderin nicht hatte aufgeben können, in Kurzwarenläden, um nach einem bestimmten Nähgarn zu suchen. «Genau die Farbe brauche ich», sagte sie und holte aus der Handtasche ein Stoffmuster heraus. Die Garnschachteln stapelten sich auf der Theke vor dem Kaufmann, der gequält, aber höflich lächelnd bemerkte: «Wirklich schwer zufriedenzustellen, die schöne Dame.» Worauf Giovanna erwiderte: «Nun ja, wenn man jung ist!» Und auch in dem Kurzwarenladen entstand zwischen den beiden Schwestern jene Atmosphäre geheimen Einvernehmens, das sich in Gekicher und in kurzen Blicken äußerte. Dann setzten wir unseren Weg fort, und wieder begannen sie, die verschiedenen Passanten zu begutachten. Oft warfen die Männer, die dicht an uns vorbeigingen, den beiden Frauen ein Kompliment zu, über das sie, sobald der Kecke sich entfernt hatte, zufrieden lachten. «Was hat er gesagt?» wollte die eine von der anderen wissen. «Lange Beine – Gutes in der Reine», sagte Matilde. Giovannas Lippen verzogen sich zu einem breiten Lächeln, dann sagte sie, leicht verlegen: «Matilde, da ist der Junge.» Matilde würdigte mich daraufhin eines Blickes und sagte: «Er ist ein Dummerchen», und zu mir gewandt: «Nicht wahr, du bist doch ein Dummerchen?» Wir gingen weiter, und weiter ging es auch mit dem Inspizieren der Passanten, dem Gelächter, den boshaften Bemerkungen, den Ausrufen und Entzückenskundgebungen.

Der Papa war zu jener Zeit Direktor, «Barmann» und Kellner zugleich in einem kleinen Café in der Nähe des Bahnhofs: ein Café mit orangefarbenen Läden, an der Ecke einer Straße, die Via Valfonda hieß. Auf einem großen, gebogenen Schild an der Hausecke war ein Chinese gemalt, in rotem Kimono und gelben Pantoffeln, eine blaue Kordel um die Taille, schwarzes Scheitelkäppchen und langer Zopf. Der kleine Chinese stand aufrecht vor einem orangefarbenen Hintergrund und schlürfte eine Tasse Kaffee; sein welkes kleines Chinesengesicht sollte zum Ausdruck bringen, daß das Gebräu nach seinem Geschmack sei. Hinter dem Chinesen, der genau so aussah, wie man sich einen melancholischen Mandarin im Schlafanzug vorstellt, der gerade aus dem Bett gestiegen ist, stand in verschnörkelten Buchstaben, die auf unbeholfene Weise chinesische Schriftzeichen nachahmten: *Chinesisches Café*, ein Name, der in der Familie hundertmal am Tag erwähnt wurde. Um den *Chinesen* drehten sich die häuslichen Gespräche, um mehr oder minder erfreuliche Vorfälle eines Nachtlebens, von dem ich nur das mitbekam, was ich spät nachts erlauschen konnte, wenn der Papa seiner Frau Bericht erstattete. Das Café des «Chinesen»! Sechs Tischchen, je zwei in den beiden Ecken und zwei in der Mitte, und quer in den Raum eine Theke, hinter der der Papa Bestellungen entgegennahm und Getränke zubereitete, die er dann an die Tische brachte. Jenseits der Theke die «Küche», eine winzige Kammer, in der gerade das Spülbecken

Platz hatte. Von der Küche führte eine kleine Tür in den Keller, der feucht und voller Spinnweben war und in dem Korbballons, abgestoßene Tische, Stühle, leere Flaschen herumstanden und, als gehöre es nicht hierher, ein Sofa. An der Wand Ansichten von China, Fotografien von locker gekleideten Geishas und sitzenden fetten Buddhas. Neben dem Sofa eine ordentliche und saubere Ekke mit einem kleinen roten Sessel, einem Gestell mit Waschschüssel und Wasserkrug, einem Wännchen. Jeden Tag machten wir beim Spaziergang Rast in Papas Café: Es war nicht der Wunsch, dem Papa guten Tag zu sagen, der die beiden Frauen dazu veranlaßte, vielmehr empfanden sie ein menschliches Bedürfnis, das uns in den Keller des Cafés, genauer gesagt zu der von dort aus zugänglichen Toilette führte, die die Frauen nacheinander aufsuchten. Ich mußte beide begleiten und vor der kleinen Toilettentür auf sie warten, um ihnen Gesellschaft zu leisten und auch um aufzupassen, daß niemand dazukam. Von einer «Last» befreit, wie sie sich ausdrückten, ließen wir uns an einem Ecktisch nieder. Der Papa baute sich kerzengerade neben unserem Tisch auf und fragte in gekünsteltem Ton, der sich auf verzweifelte Weise immer gleich blieb: «Die Damen wünschen?» Die Frauen nahmen das Gehabe schwieriger und gelangweilter Gäste an und erkundigten sich, was das am wenigsten Schlechte sei, das diese Kneipe zu bieten habe. Sie gaben eine Bestellung auf, dann machten sie sie wieder rückgängig, und schließlich entschlossen sie sich für einen

«Kaffee mit Schuß» oder für einen Pfefferminzsaft oder für einen Punsch: «Irgendein Gesöff», sagten sie. Nachdem der Papa die Bestellungen der beiden Frauen entgegengenommen hatte, schlug er die Hacken zusammen, tat, als ob er eine Serviette über den Arm legte, nahm vor mir Haltung an und fragte: «Und was bringen wir dem jungen Herrn?» Ich sagte «Eis» oder «Tamarindensaft» oder «Gerstenwasser», je nachdem, bis der Vater die Verstellung aufgab, mir übers Haar strich und sagte: «Für dich werde ich mir etwas ausdenken.» Jedesmal brachte er mir ein neues Getränk, jedenfalls kam es mir so vor, das ich, sobald ich einen Schluck davon nahm, ausgezeichnet fand und von dem ich dachte, es sei genau das, was ich mir gewünscht hatte. Unfehlbar stießen Freunde oder Bekannte dazu, Geschäftsführer kleiner Hotels und Bremser von der Eisenbahn, aber auch wichtige Persönlichkeiten wie die Besitzer des «Albergo Rebecchino», des «Ristorante Cencio» oder des «Buca Lapi». Allen stellte der Vater die Familie vor. Es waren peinliche und umständliche Begrüßungen, und ich mußte auf die üblichen Fragen hinsichtlich Alter und Schule antworten. Der Papa genoß diese Augenblicke: Sein Gesicht strahlte, und er lachte, ein nervöses und doch herzliches Lachen, bei dem seine blauen Augen klein wurden, und er schien vor Genugtuung geradezu zu grunzen: «Ein großartiger Junge», sagte er. «Er spielt sogar Theater, er ist im *Pergola* aufgetreten, und man hat eine Karikatur von ihm gemacht.» Aus der zerknautschten Brieftasche zog er einen Zeitungsausschnitt. Ich schämte mich: Es war eine Schulaufführung gewesen, und ich hatte einen Fischer zu spielen, der von der Gemeinde geschickt wird und nur einen einzigen Satz zu sagen hat: «Guten Abend, Gevatterin Lena, Euer Mann ist unterwegs. Guten Abend, guten Abend.» Doch dieser Satz, den ich während der Proben immer und immer wieder hergesagt hatte, war am Abend der Aufführung unglücklicherweise aus dem Text gestrichen worden. Bei den Komplimenten des Gastes, besonders wenn es sich um einen angesehenen handelte wie den Besitzer des «Buca Lapi» oder des «Albergo Rebecchino», wurde ich rot vor Zorn und Scham und sagte zu mir selbst: «Auch ein Junge hat seine Würde», aber bei dieser Feststellung blieb es. Ich hätte den Papa Lügen strafen und die Wahrheit sagen wollen, doch ich fand nicht die Kraft dazu; ich war wie gelähmt, erstarrt in meiner Wut, alle Augen waren auf mich gerichtet, und das Getränk hatte ich nur zur Hälfte ausgetrunken. Ich unterdrückte die Tränen, setzte mich wieder und ließ den Kopf hängen. Matilde redete über meinen Kopf hinweg: «Er ist schüchtern», sagte sie, «er geniert sich.» Aber schon hatte ich mich wieder gefaßt. Ich hörte zu, wie sie sich unterhielten, Fragen stellten und antworteten. Es waren Menschen ohne Geheimnisse, und manchmal konnte ich ein Lächeln nicht unterdrücken, wenn eine Antwort kam, die ich nach Worten, Tonfall und Gestik genau so vorausgesehen hatte. Fast immer überraschte Matilde mich dabei, wenn ich lächelte, und sagte: «Du Heuchler», und dann noch: «Wenn du mein Sohn wärst!» Auch dieses «Wenn du mein Sohn wärst!», das ihre große Drohung war, sah ich kommen, und ich war wieder nicht imstande, ein Lächeln zu unterdrücken. Ich hob meinen Blick zu ihr und sagte: «Ich habe den Schluckauf.» «Du Ohrfeigengesicht», erwiderte Matilde. «Er haßt mich, dieser Junge», sagte sie. Sie atmete mühsam und legte die Hand an die Stirn: «Er haßt mich», wiederholte sie. Der Papa, der hinter der Theke mit der Kaffeemaschine beschäftigt war, machte ein ernstes Gesicht: «Valerio», sagte er und schüttelte den Kopf. Giovanna sagte: «Nun laßt uns nicht schon wieder anfangen», und der zufällige Gast: «Man darf nicht ungezogen sein zur Mama.» Aber jetzt war ich mitten drin in der Komödie, denn auch diese Szene hatte sich schon zu oft wiederholt, genau wie die mit dem jungen Flegel am Fenster und die mit dem Nähgarn beim Kurzwarenhändler und andere mehr. Ich wußte, daß ich, um dem Theater ein Ende zu machen, jetzt nur noch zu sagen brauchte: «Ach Quatsch, was heißt hier Mama!» Alle verstummten. Der Gast ging zur Theke, um beim Papa etwas zu bestellen, was diesem die Möglichkeit gab, so zu tun, als habe er nichts gehört; Matilde, deren üppiger Busen sich hob und senkte, führte ein Taschentuch an die Nase, und die Schwester Giovanna sagte, plötzlich traurig geworden, von ihrem Platz in der Ecke her: «Ekel» und seufzte. Wenige Minuten später, in denen jeder versuchte, seine Haltung wiederzugewinnen, und ich möglichst unmanierlich mein Glas ausschlürfte, schien der Zwischenfall vergessen.

Oft jedoch ließ, kaum daß wir nach Hause zurückgekehrt waren, ein geringfügiger Anlaß den Groll der Frau erneut aufflammen. Onkel Cesare und die Schwester Giovanna setzten mir in gereiztem und feindseligem Ton zu: «Du bist schließlich kein Kind mehr! Versteh doch: Es ist, als ob sie deine Mama wäre.» Da konnte ich mich nicht mehr beherrschen; von Wut geschüttelt, in einem Gefühl, als ob man mir die Brust durchbohrt hätte, schrie ich: «Ein Unglücksweib ist sie, sage ich euch! Und außerdem ist sie die Frau von Papa und nicht meine Mama; meine Mama ist tot!» Unter Krämpfen fiel ich zu Boden, und wenn ich wieder zu mir kam, war es, als ob sich ein Nebelschleier vor mir auflöste; ich öffnete die Augen und erblickte eine Welt, die ich nicht kannte: Mit allem, mit Gegenständen und Personen, mußte ich von neuem Bekanntschaft schließen, mußte sie sehen und berühren, um zu wissen, daß sie existierten, mir ihren Namen und ihre Funktion ins Gedächtnis zurückrufen. Meine Kehle war trocken und brannte wie Feuer; ich stammelte etwas und wußte nicht was, und wenn sich jemand über mich beugte (ich sagte dann: «Papa» oder «Onkel Cesare» oder «Giovanna»), um mir ein Glas Wasser zu reichen, und mir den Kopf hob, um es an meine Lippen zu führen, sagte ich: «Wasser, ja, Wasser», und ich erkannte das Wasser im Glas und den Schrank vor meinen Augen: «Schrank», sagte ich, und

«Fenster», «Stuhl», «Kleiderständer», «Tisch». Erst wenn dieser Jemand meinen Namen aussprach und ich ihn dann noch einmal mit lauter Stimme wiederholte, so als ob es sich um einen Gegenstand handle, kam ich wieder völlig zu Bewußtsein. Als erstes erschien mir in diesem Prozeß der Wiederentdeckung meiner selbst das Gesicht Matildes und gleich danach das Bild der Mama. Da wurde ich von heftigem Weinen geschüttelt, und es war, als ob ich mich weinend ins Leere fallen ließe, ich hatte Angst vor der Leere, Angst vor dem Stürzen, ich fühlte einen stechenden Schmerz im Magen, das Gefühl, mich übergeben zu müssen, und in meiner Bewußtlosigkeit übergab ich mich tatsächlich. Ich fiel und fiel und stürzte. Doch fühlte ich mich leicht, nachdem ich mich übergeben hatte, leicht, blöde und benommen, unfähig zu hören, mich zu erinnern, zu sehen (ich bemühte mich vergeblich, die Augen zu öffnen). Dann folgte ein Gefühl der Mattigkeit, der Schläfrigkeit: Aus dem Zustand der Leichtigkeit, der Empfindungslosigkeit kehrte ich in meine Körperlichkeit zurück, und ich war müde, bleischwer, ich stürzte nicht mehr, ich versank. Ich versank und fühlte, wie Wasser mich bedeckte, grünes und blaues Wasser; es war das Meer, und auf dem Rükken liegend, lang ausgestreckt, unbeweglich, müde, versank ich darin: Ich sah die Mama über mir, sah, wie sie mir die Arme entgegenstreckte, als ob sie vom Himmel herabkäme, zu mir gewandt, der ich versank – mit ausgestreckten Armen, wie ein Engel, der vom Himmel herabkommt, meine

Mama, aber sie erreichte mich nicht, ich versank. Ich sank auf den Meeresgrund: Algen, keine Fische, Blumen, Blumen, Blumen mit großen Blüten, rot, blau und gelb. Noch immer war ich reglos, müde, gleichsam nur meine eigene sterbliche Hülle, in der jedoch mein Ich lebte, und die Mama war verschwunden. Das Wasser des Meeres umspülte mich, auch die Blumen umspülte es, und ihre Blüten bebten wie von leichtem Wind bewegt. Doch jetzt schlug eine wärmere, klebrige Welle an meine Wange. Vor mir tauchte Matilde im offenen Kleid auf, und mit einer Hand drückte sie eine ihrer riesigen Brüste zusammen, aus der ein weißer Strahl hervorschoß, der das ganze Wasser des Meeres verfärbte; ich hatte davon einen Geschmack im Mund wie nach Heu, wie nach Kamille. Alles rings umher wurde weiß, keine Algen, keine Blumen mehr, nur ein kalkiges, kompaktes Weiß, das Weiß von Mauern. Und ich kletterte eine hohe weiße Mauer hinauf, auf der, wie ein Engel, die Mama schwebte, das lange schwarze Haar offen, mit ausgestreckten Armen, wie ein Engel. Aber ich war so müde, ich konnte die Mama nicht erreichen, die Hände schmerzten mich und begannen zu bluten. Die Mama oben auf der Mauer lächelte, und über der Mauer und der Mama war der Himmel blau. Die Mama streckte die Arme aus, bleich und lächelnd, das lange schwarze Haar offen. Ich konnte sie nicht erreichen, ich war müde, die weiße, glatte Mauer aus Kalk riß mir die Hände auf, daß sie bluteten, sie konnten keinen Halt finden. Da ließ ich mich fallen, das Pflaster einer

Straße unter mir kam, furchterregend, auf mich zu, die Mama war noch immer über mir, und ich rief nach ihr: «Mama», schrie ich, und ich schrie auch noch, als ich, schweißgebadet, zu mir kam.

Wenn Onkel Cesare erschien, bedeutete das ein Mittagessen auf dem Lande, «ein Gelage», sagte Matilde mit roten Wangen und lebhaftem, verschmitztem Blick. Eine Straßenbahn brachte uns in irgendeinen Vorort zu einem Gasthaus, wo der Onkel bekannt war – in einigen wurde er sogar «Cavaliere» genannt. Für mich war es eine Reihe von Kreuzwegstationen, denen ich die Namen «Serpiolle», «Incontro», «Bottaro alla Certosa», «Borgunto» geben kann, und wenn ich mir diese Ausflüge ins Gedächtnis zurückrufe, erinnere ich mich an den Geschmack von unverdünntem Wein und gebratenem Huhn, vermischt mit dem heimlicher, bitterer Tränen, hervorgerufen durch jede Geste von Papa, Matilde, von Onkel Cesare und Giovanna. Die größte Bitterkeit war mir jedoch an jenen Tagen vorbehalten, an denen wir zum Friedhof gingen. An solchen Tagen wurde ich durch Matildes Plätschern geweckt, die sich mitten in der Küche in einer großen Terrakotta-Schüssel wusch. Wenn ich mich, mit ganz anderen Absichten und ängstlich unterdrücktem Bedürfnis, ein paar Schritte in den Korridor wagte, hörte ich ihre Stimme: «Komm ja nicht herein, du frecher Kerl!» Auf ihr ungerechtfertigtes Geschrei hin erhob sich auch die Stimme von Papa, der sich bis zu diesem Moment nur durch das allmorgendliche Räuspern und Spucken bemerkbar gemacht hatte: «Geh in dein Zimmer zurück!» Ich ging zum Fenster und schaute auf den Garten, der in der Morgendämmerung noch im Nebel lag: Überall sah man in den Mietshäusern nach und nach das elektrische Licht ausgehen, jetzt, da das Tageslicht den Himmel eroberte. Ich hob den Blick zum Fenster des jungen Burschen, der Matilde anhimmelte; es war geschlossen, ebenso die Läden, und ich empfand das Geheimnisvolle und Verborgene, das solchen Bildern anhaftet. Alles reizte und besänftigte zugleich die gespannte Empfindsamkeit meines Herzens. In der Stille des Gartens und der Luft, in der schlafenden Stadt, drangen, wie unwirklich, Geräusche zu mir: das Pfeifen fahrender Züge, bei dem ich vergeblich versuchte, mir die Schienen ganz in der Nähe vorzustellen und mich im Zug auf der Flucht; oder das Klappern der Kannen in einem Milchgeschäft, hinter meinem Rücken an der Straßenecke. Dann schossen die ersten, durch den blassen Schein des Frühlichts aufgescheuchten Schwalben mit Angst- und Freudengezwitscher durch das Quadrat des Himmels. Fenster wurden geöffnet, und die Stimme des Zeitungsverkäufers, der die Morgenausgabe ausrief, drang wie die eines unerwünschten Propheten in die verschlafenen Wohnungen. Nach diesen wenigen, in süßer Bitterkeit verbrachten Minuten erneuerte sich mein Schmerz, denn ich würde wieder einmal die Mama kränken, weil ich mit den Verwandten, mit einer schleifengeschmückten und gutgelaunten Matilde ihr Grab besuchen mußte. Ich wiederholte nicht einmal mehr den Satz «Auch ich habe meine Würde», um meiner Mutlosigkeit Herr zu werden; und wegen nichts liefen mir die Tränen übers Gesicht.

Onkel Cesare und Giovanna trafen fast gleichzeitig ein, und Giovanna hatte bereits einen Strauß Blumen dabei, der wie ein Ornament auf ihren verschränkten Armen lag. Wenig später kam die Frau herauf, die sich an diesem Tag um das Kind kümmern sollte. Sie war ein Wesen mit grauem Haar und verfallenem Gesicht, das, noch ehe es den Mund auftat, Trostlosigkeit und Armseligkeit um sich verbreitete. Matilde hob ihr immer die Reste unseres Abendessens auf und ein paar Brocken trockenes Brot. «Ausgezeichnet für eine Panzanella», sagte die Frau. «In Wasser eingeweicht und mit ein bißchen Salz und Essig.» Sie sprach wie jemand, der um ein Almosen bettelt, und auch die Hätscheleien, mit denen sie das Kind bedachte, das anfangs in ihren Armen weinte, hörten sich wie traurige Bitten an. «Mehr kann ich Euch heute morgen nicht geben», sagte Matilde. «Aber das macht doch nichts, Signora», antwortete die Frau. «Vielleicht einen Schluck Wein», fügte Matilde hinzu. Trotz der schwachen Einwände der Frau goß sie ihr davon ein, und diese, das Kind auf dem Arm, trank ihn wie eine stärkende Mahlzeit. Und während sie trank, sagte sie noch: «Seit gestern Mittag habe ich nichts mehr zu mir genommen», und sie überraschte Matilde, indem sie auf eigene Faust ein zweites Glas bis auf den letzten Tropfen leerte. Als sie sich mit dem Kind entfernte, wünschte sie von der Schwelle her respektvoll: «Viel Vergnügen.» Und tatsächlich hatte sich Matilde wie für ein Fest geschmückt; Giovanna trug ein Bolero-Jäckchen, die Arme waren nackt, und wie es den Umständen angemessen war, trug sie – jedoch mehr aus Koketterie als aus Gründen der Schicklichkeit – schwarze, bestickte Handschuhe, die ihre Hände durchscheinen ließen. Onkel Cesare nahm Giovannas Arm, flüsterte ihr auf der Straße unverständliche Worte ins Ohr und beugte sich mit seiner großen Nase und den schlauen Äuglein zu ihr, als ob er sie beschnuppern wollte. Der Papa und Matilde folgten ihnen lachend, und Matilde sagte: «Diese Zeiten sind vorbei, Cesare!» Der Vater lachte noch mehr, und der Onkel drehte sich um und sagte: «Dem werd' ich es schon zeigen!» Wir nahmen den Autobus, der zum Friedhof fuhr, und ich setzte mich in die Nähe des Fahrers; der Vater und Matilde saßen hinter mir. Es kam vor, daß sie leise miteinander sprachen, und manchmal hörte ich meinen Namen; ich verstand zwar nicht, wovon sie redeten, doch bemerkte ich eine ungewohnte Weichheit in Matildes Stimme. Da erfüllte ein unbändiger Stolz mein Herz. (Einmal, als wir schon nahe beim Friedhof waren, hatte ich zu sagen gewagt: «Etwas Respekt bitte, wenigstens vor den Toten!» Niemand wies mich zurecht. Die beiden Schwestern setzten eine traurige Miene auf, ich sah, daß der Papa verlegen war, und Onkel Cesare sagte: «Mein Junge.» Ich fühlte, aber nur für einen Augenblick, daß ich sie alle gern hatte, selbst Matilde, die mir in diesem Moment sanft und kindlich erschien im Rosa ihres Fleisches, ihres Halses und ihrer Ohren und irgendwie drollig und graziös in ihrem Kostüm, das die Masse von Busen und Hüften allzu eng umspannte und aus dem die Beine überraschend schlank hervorschauten; ihre geröteten rundlichen Hände fingerten mit nervöser Bewegung am Ausschnitt.)

Wir stiegen eine Haltestelle vor dem Friedhof aus, gegenüber der Trattoria «Boscarino», wo der Onkel auf ein paar Stunden später das Mittagessen bestellte; er ging in die Küche, roch an dem Fleisch, das man uns nachher servieren würde, und bestimmte, wie es zubereitet werden sollte. In dem Gasthaus, in dessen Vorraum man Salz und Tabakwaren kaufen konnte, hing der Geruch von Gewürzen und Geräuchertem. Die letzte Strecke den Hügel hinauf zum Friedhof legten wir zu Fuß zurück; ich beeilte mich und versuchte, meinen Kummer hinter der Atemlosigkeit zu verbergen, die mir der Aufstieg zum Friedhof verursachte. Ich hoffte – wie es mir auch oft geschah –, außer Atem und halb betäubt am Friedhofstor anzulangen, fast in einem Zustand der Bewußtlosigkeit, der mir jegliches Nachdenken oder Ausfallendwerden unmöglich machen würde. Und ich rannte auf den von Zypressen und Weiden gesäumten Friedhofswegen dahin, einen Horizont von Marmor und Kreuzen vor Augen, bis ich das Grab der Mama erreichte. Dort angekommen, setzte ich mich zum Verschnaufen einen Moment auf dem Erdhügel nieder, der es bedeckte, und keuchend, mit aufgewühltem Herzen, schweißgebadet, streichelte ich mechanisch das weiße Marmorkreuz, las die Schnecken ab, die sich darauf niedergelassen hatten, und zupfte die beiden kleinen Buchsbaumhekken zurecht. Dann nahm ich die zwei Majolikavasen aus ihrer Halterung und ging zum nahen Wasserhahn, um sie zu füllen. Die Verwandten kamen dazu, der Papa stand aufrecht und mit entblößtem Haupt da und sprach während der ganzen Zeit kein Wort. Auch Matilde blieb stumm. Giovanna ordnete mit graziöser Geste die Blumen in den Vasen, und Cesare beugte sich, wieder wie um zu schnuppern, über das Grab und las mit lauter Stimme die Unterschriften und Daten, die Besucher und Freunde dort hinterlassen hatten; er zündete das Wachslicht in der blauen Lampe an, die unten am Kreuz hing. Das unterdrückte Weinen Matildes kam mir blasphemisch vor – doch war ich nicht imstande, mich zu rühren oder zu schreien. Nachdem wir die Mama verlassen hatten, fanden alle zu ihrer Ungezwungenheit zurück, und es begann die Wanderung über den Friedhof, auf der Suche nach Gräbern von Freunden und entfernteren Verwandten. Vor dem Grab des Großvaters, auf dem ein schwarzes Holzkreuz stand – der Name darauf in weißen Buchstaben –, wiederholte sich, jedoch etwas zwangloser, das verlegene Schweigen von vorhin. (Und hier erfuhr ich, daß auch der Vater eine Mama gehabt hatte; auf dem Majolikaoval eines Kreuzes sah ich ihre Fotografie und näherte mich mit einer gewissen Scheu.) Schließlich klagte Matilde über Müdigkeit, setzte sich auf einen Stein am Rand eines Gräbergevierts nieder und zog mühsam erst den einen und dann den anderen Schuh aus:«Oooh», seufzte sie vor Erleichterung. Und wenn die Schwester oder auch der Papa – letzterer freilich mit einem Lächeln auf den Lippen und fast mit Genugtuung über die Ungezwungenheit seiner Frau – sie wegen ihrer Pietätlosigkeit tadelten, antwortete sie: «Die Toten werden es mir verzeihen – sie, die so gut und lange ruhen.» Dann zog Onkel Cesare die Uhr aus der Westentasche und sagte erschrocken: «Beeilt euch, bei Boscarino fangen sie schon an aufzutragen.» Ich hatte Zypressenzapfen aufgelesen, die auf den Wegen lagen, und spielte damit, um mich abzulenken. Dieser Zustand von Unterordnung und Befangenheit war mir schon zur Gewohnheit geworden. Ich ging hinter den beiden Paaren her, in der Hoffnung, vergessen zu werden. Es waren warme Vormittage, der Friedhof eine unendlich weite Mulde, ein Wald von Marmor und Kreuzen hob sich gegen das Grün der Hügel ab; in der Ferne, weit, weit draußen, weidete eine Herde an den grünen Hängen. Ich kickte die Zypressenzapfen vor mir her.

Und dann das Mittagessen bei «Boscarino». Wenn wir beim Obst angelangt waren, befanden wir uns in einem Zustand allgemeiner Übererregtheit; auch ich wurde genötigt, Wein zu trinken, mehr als ich vertragen konnte, und hatte einen eisernen Ring um die Stirn; der Bauch tat mir weh, als ob man mir ein Gewicht um die Leisten gebunden hätte; der Papa wurde bei allem, was er tat und sagte, überraschend heftig; die beiden

Frauen hatten glühende Gesichter und lachten unaufhörlich. Nur Onkel Cesare bewahrte seine gewohnte Haltung, er schien sich lediglich ein wenig mehr über seine Arme zu neigen, die links und rechts auf dem Tischrand lagen, und die große Nase war leicht gerötet, die Stimme jedoch keineswegs verändert wie bei den anderen. Matilde lachte unaufhörlich, nach und nach hakte sie erst den Büstenhalter, dann den Hüftgürtel auf und öffnete schließlich den Rock auf der Seite. «Ich platze, ich platze», sagte sie; ein paar Minuten saß sie in sich versunken, vielleicht auch eingeschlafen, aber mit offenen Augen, da und starrte auf die Teller, doch der Onkel lenkte sie zum x-ten Mal mit einem Scherz ab. Von Zeit zu Zeit zog mich der Papa heftig an die Brust und küßte mich lang auf das Haar und den Mund und nannte mich «mein Kind». Es dauerte nicht lange und Matilde begann, auf unschickliche, aber immerhin noch graziöse Weise zu rülpsen, indem sie zuerst so tat, als ob sie den Schluckauf hätte und sieben Schluck Wasser trank, dann aber mit immer weniger Zurückhaltung, bis sie schließlich tatsächlich bleich wurde und sagte: «Es ist der Magen; es zerreißt mich.» Nicht einmal das Bikarbonat, das sie in einem halben Glas Wein aufgelöst zu sich nahm, konnte ihr Erleichterung verschaffen. Der Papa, Cesare und Giovanna betteten sie auf das Sofa, und Matilde, aufgelöst und üppig, verdrehte die Augen, hielt sie immer länger geschlossen, rülpste nach wie vor, inzwischen aber ohne es zu merken, und schlief ein. Der Onkel zog die Jacke aus und legte sie ihr über die Beine, dann ließen wir sie allein und machten einen kurzen Spaziergang in die nähere Umgebung. Einmal hatte ich mich von den anderen entfernt, weil ein Steinmetz, der an einem Marmorkreuz arbeitete, meine Neugier weckte; und da ich fürchtete, mich über Gebühr verspätet zu haben, lief ich schnell zum Gasthaus zurück. Als ich in den Raum stürmte, in dem ich sie alle zusammen vorzufinden glaubte, sah ich Onkel Cesare auf dem Sofa neben Matilde sitzen, die sich zu ihm aufgerichtet hatte; beide verharrten wie ertappt in einer Haltung, die ich nicht zu deuten vermochte. Da ich meinerseits überrascht – freilich mehr über ihr Schweigen, es war ein angstvolles Schweigen, als wegen ihres Verhaltens – stehengeblieben war, sagte der Onkel: «Matilde geht es schlechter.» Er hatte sich bereits erhoben, und Matilde ließ sich der Länge nach auf das Sofa zurückfallen. In diesem Moment kamen der Papa und Giovanna herein, Arm in Arm und vergnügt.

Giovanna verlobte sich mit einem Mechaniker. Abends kamen beide zu uns nach Hause, der Mechaniker mit immer neuen Krawatten und einem vollendet gezogenen Scheitel. Matilde zeigte sich ihm gegenüber respektvoll und fügsam; wenn sie mit ihm sprach, neigte sie den Kopf mit einer anmutigen Bewegung, die ich nicht an ihr kannte, und sie bot ihm Wein und Kaffee an. Arduino rauchte eine ausgefallene Zigarettenmarke, von der er dauernd anbot, und an der rechten Hand trug er einen Ring, der heller als Silber war, mit einem schwarzen Stein. Eines Abends lachten die beiden Frauen, weil man, als er die Beine übereinanderschlug, die roten Sockenhalter sah, die er um die Waden trug. Man wußte, daß er ein «Revolutionär» war: «Draufgänger!» sagte Giovanna mit einem kindlichen Ausdruck voll Angst und Stolz. Matilde sagte: «Auch wir sind für das Vaterland, wenn wir auch zu keiner Partei gehören.» Dann sagte sie noch: «Garibaldi, was?» Arduino saß lächelnd zwischen den beiden Frauen; er hatte schöne Zähne, ein Goldkettchen am Handgelenk und eine kräftige Stimme. Oft nahm er Giovannas Hand und führte sie an die Lippen. Matilde tat auf linkische Weise, als ob sie es nicht bemerke. Sie ging oft mit den beiden Verlobten aus, und wenn sie auf die Piazza kamen, rief mich Arduino manchmal her, um mir eine Scheibe Wassermelone oder eine Handvoll gerösteter Kastanien zu schenken. Eines Abends, als ich vom Herumtollen auf dem Platz heimkam, fand ich die Tür von innen verschlossen, ich klopfte; es war schon spät, und ich glaubte, der Papa sei bereits zu Hause. Ich klopfte stärker und rief: «Papa!» Durch das Oberlicht fiel ein Lichtschein auf die Treppe. Schließlich hörte ich die Stimme Giovannas, die mir von drinnen zurief: «Es ist früh, geh noch ein bißchen auf die Piazza.» Auf der Straße traf ich Matilde, die sagte, daß sie mich auf der Piazza gesucht habe. Sie bat mich, sie zum «Chinesen» zu begleiten, wir würden dann mit dem Papa heimgehen; sie zeigte sich besorgt wegen des Kindes, das allein in der

Wohnung sei. «Ich habe den Schlüssel vergessen», sagte sie. «Giovanna ist in der Wohnung», antwortete ich, «und vermutlich auch Arduino.» Wir befanden uns auf dem Bürgersteig in der Via da Verrazzano; die Frau stieß mich gegen die Mauer und sagte: «Das hast du geträumt, das ist einer deiner üblichen Träume.» Sie war erregt und atmete heftig, mit dem gleichen zischenden Geräusch wie im Schlaf. Schweigend legten wir eine weite Strecke zurück. In einer dunklen Straße am Markt, wo unsere Schritte das einzige Lebenszeichen waren, sagte ich laut: «Kupplerin!» Aber nicht zu ihr wollte ich das sagen, sondern zu mir selbst – wie eine Feststellung. Jählings schlug sie mir mit der Hand ins Gesicht. (Oh, wie fühlte ich da, daß ich sie nicht lieben wollte! Ich dachte an die Mama, die tot war, an die Großmutter, die krank war, und für einen Moment sah ich die Gesichter der Mama und der Großmutter mit vor Entsetzen aufgerissenen Augen, dann mischte sich ein anderes Gesicht mit blondem Haar dazwischen, und die Augen dieses Mädchengesichtes weinten – an all dem, schien mir, sei sie, Matilde, schuld, wegen dieses Schlags ins Gesicht, zu dem sie sich hatte hinreißen lassen; ich spürte einen scharfen Schmerz, und die Wange brannte mir wie das Herz – alles war nur ein Augenblick.) Ich warf mich auf die Frau; jetzt war ich es, der sie gegen die Wand drängte, und mit geballten Fäusten schlug ich sie ins Gesicht, dann auf die Brust, wieder ins Gesicht und wieder auf die Brust, lange schlug ich so mit geballten Fäusten auf sie ein. Sie fiel auf die Knie und stützte sich im Dunkel der Straße mit den Händen auf dem Boden; fast unhörbar war unser beider Keuchen – kein einziger Schrei. Auf den Boden geduckt, sagte sie fast flüsternd: «Genug!» Ich stand vor ihr, sie erhob sich, und gegen die Wand gelehnt, sagte sie, immer noch mit schwacher Stimme: «Kein Wort zum Papa! Wir sagen ihm, ich sei hingefallen.» Aus dem Ärmel ihres Kostüms zog sie das Taschentuch hervor, um ihr Gesicht von Tränen und Blut zu reinigen.

Mit Olga traf ich mich jetzt auch morgens. Beim Abschluß der sechsten Volksschulklasse erhielten wir beide eine «Auszeichnung»; mit vielen anderen Kindern erschienen wir zur Preisverleihung im Palazzo Vecchio. Olga trug eine veilchenblaue Mütze auf dem blonden Haar, ein ebenso veilchenblaues Kleid und himmelblaue Söckchen; ihre Augen waren grau – und rosa, rosa und himmelblau mein kleines Mädchen. Mit Puppenschritten ging sie zum Podium, der Bürgermeister überreichte ihr die Urkunde, sie machte einen Knicks. In dem großen Saal – in dem wir so viele waren, und sie war auserwählt worden, uns zu vertreten, indem sie die Urkunde aus den Händen des Bürgermeisters entgegennahm – war ich es, der vor der Zeit das Zeichen zum Applaus gab. Danach klatschte der ganze Saal Beifall. Sie drehte sich zu uns, dem Publikum, um, machte noch einen Knicks und ließ das Rauschen des Beifalls und der Stimmen über sich ergehen, wie eingeschlossen in ihre Farben, das weiße Pergament in der Hand.

Des Morgens trafen wir uns auf der Piazza degli Zuavi: «Ich muß zur Tante», sagte sie, oder: «Ich muß Wollstränge für die Mama kaufen.» Und ich antwortete: «Ich begleite dich», hakte sie unter, und wir lächelten uns mit den Augen zu; die Leute drehten sich fröhlich nach uns um, als ob wir ihnen Glück brächten. Wir blieben vor den Spiegeln der Friseurläden stehen und lächelten unserem Bild zu. Vor dem Spiegel fragte ich sie: «Willst du mich heiraten?» Irgend jemand riß uns aus unserem Spiel und sagte: «Bravo!» Es gab auch ärgerliche Stimmen, die «Rotznasen!» riefen. Wir liefen lachend Hand in Hand davon. An manchen Nachmittagen, wenn ihr die Mutter, ich weiß nicht aus welchem Grund, freigegeben hatte, spazierten wir auf den Viali all' Albereta den Fluß entlang. Die Stadt schien so weit entfernt, als ob sie nie existiert hätte. Wir mieteten ein Boot, und mit ihr am Steuer fuhren wir den Fluß hinauf bis zu einem Wehr; es kam mir vor, als läge ihr Leben in meiner Hand, und wenn ich mir das sagte, krampften sich meine Hände um die Ruder; wenn ich dann auf die Wasserfläche sah, die uns umgab, und daran dachte, daß ich nicht schwimmen konnte, überlief es mich kalt. Sie bespritzte mich von ihrem Platz am Steuer aus und rief: «Schneller, schneller!» Wir stiegen auch nach San Miniato hinauf und wetteten, wer als erster an der Kirche ankommen würde, sie, die direkt die Treppen hinauflief, oder ich, der auf der Straße einen großen Bogen machte. Ich rannte, und das Herz schlug mir bis zum Hals vor Ungeduld, an der Kirche anzukommen, als ob ich meine Gefährtin dort nicht mehr vorfinden könnte.

Ich wollte ihr den Mugnone am anderen Ende der Stadt zeigen, den sie noch nie gesehen hatte. «Das ist doch nur ein Bach», sagte sie, «unser Fluß ist der Arno, das ist ein richtiger Fluß.» Um mich zu verteidigen, sagte ich: «Trotzdem hat es mir hier gefallen.» Wir stiegen zu meiner alten Wohnung hinauf. Abe hatte sich verändert; sie wiegte ihr Kind, sie war gealtert, wie erloschen kam sie mir vor; sie war dicker geworden, und auch ihre Stimme, müde und abwesend, war nicht mehr die gleiche. Ich hatte Olga ins Wohnzimmer geführt, um ihr mein Reich der Wunder zu zeigen, die Puppen, das Kinderklavier und den Tisch mit dem Damespiel. Als ich die Tür aufstieß, sahen wir in ein unaufgeräumtes Zimmer, aus dem uns übler Geruch entgegenschlug, nach Milch, Urin, nach Puder und schlechtem Atem. Auf einem Tischchen am Fenster stand das Grammophon, und auf dem Trichter saß noch immer rittlings die kleine Tänzerin, aber auch sie war gealtert, verblichen und beschädigt und der Krepp des Röckchens verstaubt. «Wir haben kein Wohnzimmer mehr», sagte Abe, die uns gefolgt war, «ich habe hier mein Schlafzimmer aufstellen müssen.» Als ob sie uns um Verzeihung bäte, sagte sie: «Mein Mann ist krank. Er ist krank aus dem Krieg zurückgekommen. Als wir geheiratet haben, hat nicht einmal er es gewußt.» Das Rauschen von Wasser übertönte ihre Worte, dann erschien ein zornig dreinschauender Mann in Unterhosen und Pantoffeln. Als er uns sah, sagte er: «Wer sind diese Kinder?» Und heftig: «Raus mit euch!» Wir gingen hinaus, und auf der Treppe sagte Abe zu mir: «Ebe ist in der Werkstatt, sie hätte sich bestimmt gefreut, dich wiederzusehen. Vielleicht triffst du Rita auf der Straße.» Auch die Gärten waren mir nicht mehr vertraut, ein höherer Zaun trennte sie ab. Vom Balkon rief mir Abe zu: «Schau!» und zeigte auf ein junges Mädchen, das mit einer Schüssel unter dem Arm vom Waschhaus kam. «Addio, Vanda!» sagte ich. «Valerio!» Sie strich sich mit der freien Hand übers Haar. Die Straße am Schlachthof war jetzt eben und gepflastert, es gab Bürgersteige, ebenfalls gepflastert, neue Häuser waren entstanden und Gemüseläden und Lebensmittelgeschäfte. Die Kinder spielten immer noch auf der Straße und auf dem Gartenweg, und die Straßenbahn wendete nach wie vor an der Endstation am Bahnübergang. «Da war ein Vergnügungspark, und hier eine Osteria, in die ich mit dem Großvater gegangen bin», sagte ich zu Olga und deutete mit der Hand in die entsprechende Richtung. Bald verstummte ich, und es kam mir vor, als hätte ich alles bloß erfunden.

Abends kam Olga immer noch mit ihrer Mutter auf die Piazza, wo diese sich mit den anderen Frauen auf den Bänken unterhielt, ohne auf unsere Kinderspiele zu achten. (Aber wir waren keine Kinder mehr; eine frühe Unruhe hatte von uns Besitz ergriffen, Pubertät nennt man es, für uns eine glückliche Zeit; mein Gesicht wurde härter, der erste Flaum zeigte sich an meinen Beinen, in der Schamgegend und über den Lippen, und die

Pupillen in Olgas Augen glänzten jeden Tag heller. Meine Verstörtheit ließ in ihrer Gegenwart nach. Endlich hatte ich einen Menschen, dem ich mich ohne Furcht zuwenden konnte; bei ihr entdeckte ich meine Fähigkeit, mich mitzuteilen und zuzuhören.) Wir ließen den Platz und die anderen hinter uns und gingen durch dunkle Gassen geradewegs zur Uferpromenade. Die Scheinwerfer der Autos, die uns streiften, das Geheimnisvolle der von schwachem Licht erleuchteten Torwege, der Lärm aus den Gasthäusern, an denen wir vorüberkamen, und unsere Schritte, ja selbst unsere Schatten im Licht einer Laterne ließen uns verstummen – im Lauschen auf etwas, für das es keinen Namen gab. Wir schwiegen, und wenn ich den Arm um ihre Taille schlang, legte Olga den Kopf an meine Schulter. Einmal sagte sie: «Wir sind schon erwachsen, meinst du nicht auch?» Ich strich ihr über die Wange und sagte: «Gewiß.» Dann fragte ich sie: «Glaubst du, daß mir Knikkerbocker stehen würden?» Wir gelangten zur Eisernen Brücke, und es genügte uns, zu zweit in der Nacht allein zu sein; in meinen Händen fühlte ich die ihren wie etwas Kostbares, das es zu bewahren galt. Manchmal trug mir der Wind den Duft ihres Körpers zu, und ich nahm ihn mit Mund und Nase wahr, als ob es mein eigener Atem wäre; nachts im Bett versuchte ich, mich an ihn zu erinnern, und schlief mit einem kühnen Wunsch ein, den ihre Nähe am nächsten Morgen zerstreute.

Und an einem denkwürdigen Abend erzählte ich Olga lange von der Mama, die Mama wurde lebendig in meinen Worten und in den staunenden, glänzenden Augen meiner Gefährtin: Ihr Andenken erblühte aus meinen Worten. An jenem denkwürdigen Abend begleitete uns die Mama durch den Corso de' Tintori und die Via delle Casine, wo ein Magnolienbaum, dessen Zweige über die Gartenmauer herabhingen, uns mit seinem Duft überschüttete, bis zur Straße des Beato Angelico, den Lungarno entlang, auf dem es nach Pferden und Wassermelonen roch, auf einer Route, die mit der letzten geheimen Erinnerung an die Mama verbunden war: Via de' Conciatori, Via de' Macci, Via delle Pinzochere, Borgo Allegri, erfüllt von Mostgeruch und Geschrei, Via da Verrazzano. Hier machten wir halt, meine Gefährtin und ich, und vielleicht fühlten wir im Blut das Abenteuer, das uns widerfahren sollte. Ich lehnte mich gegen die Mauer, die längs der Straße verlief. Olga sagte: «Auch ich würde sie gern kennenlernen, deine Mama.» Ich nahm ihre Hand, der Mond schien auf uns und auf die Mauer, auf der Efeu wucherte, und von weither, mehr wie die Erinnerung an eine Musik als die Musik selbst, die Töne einer «Pippolese»*. Jetzt war ich es, der wollte, daß Olga die Mama kennenlernte und ihr Kinderfoto sah, das ich in meinem Schrank wie eine Reliquie verwahrte. «Warte auf mich», sagte ich und rannte, aufgeregt und stolz, die Treppen hinauf. Das Oberlicht war

* Typische florentinische Musikgruppe

erhellt, und ich dachte, Matilde sei noch wach; ich fühlte keinen Haß mehr gegen sie, und in meinem Glück konnte ich mir nicht einmal mehr ihr Gesicht vorstellen. Vorsichtig öffnete ich die Tür, doch das Umdrehen des Schlüssels verursachte in der Stille ein lautes Schnappen. Als ich die Tür hinter mir anlehnte, hörte ich in Matildes Schlafzimmer das Bett krachen, als ob jemand mit einem Satz herausspränge, das Prasseln von Münzen auf den Fußboden und dann die Stimme des Onkels Cesare, der etwas murmelte. Ich stürzte ins Schlafzimmer. Ich sah nichts, nur ihr Schweigen war da, Cesare und Matilde, genau wie im Gasthaus, nur daß Matilde diesmal im Bett lag; Onkel Cesare stand daneben wie damals und sagte: «Geht es jetzt besser?»

«Komm», sagte ich zu Olga und zog sie im Laufen hinter mir her. Die Nacht umgab uns, und wir rannten durch fast menschenleere Straßen, in denen die Schwüle brütete, und dann wieder durch Gassen, in denen es lärmend zuging, wo die Leute unter den Türen standen, Gassen mit Weinläden, Eisverkäufern, hellerleuchteten Cafés, deren Türen weit offenstanden und in denen sich lachende Menschen drängten. Eine fröhliche Raserei hatte von mir Besitz ergriffen, ausgelöst durch Matilde und Cesare; und wenn ich mir ihre schmutzige Verbindung vorstellte – «oder vielleicht auch nicht», sagte ich bei mir selbst –, fühlte ich mich von jeglicher Abhängigkeit befreit. Nicht an den Papa dachte ich, nicht einen Augenblick, auch nicht an die Großmutter; ich war von dem Wunsch besessen, mich von ihnen allen loszusagen, es war wie eine Art Wahnsinn. Während ich rannte, hielt ich die Hand der Gefährtin fest in der meinen, und während ich sie festhielt und rannte, fühlte ich, wie die Liebe in mir wuchs. Wir rannten immer weiter, kamen zur Porta alla Croce, in die Via Aretina, die Straßen wurden immer einsamer, und plötzlich fühlten wir, wie ungepflasterter Boden unsere Schritte dämpfte. Wir blieben erst stehen, als die Häuser aufhörten; die Straße führte zwischen zwei Mauern endlos und weiß in die Nacht. Olga legte ihre Hände gegen meine Brust; ihr Gesicht war gerötet, aber noch röter waren ihre Lippen, und ihre Augen schienen eher vom Schweiß als von Tränen zu glänzen. Eine blonde Haarsträhne fiel ihr in die Stirn, und sie sagte: «Warum laufen wir davon?» Es war ganz still auf der Straße, dann bellte ein Hund, und man hörte das langgezogene Pfeifen des Zuges. Wieder fragte sie: «Warum laufen wir davon?» Mein Gesicht glühte, und das Herz auch; ich sagte zu ihr: «Wir dürfen nicht mehr nach Hause zurück, alle hassen uns bloß und gehen ihren schmutzigen Geschäften nach.» Mit dem Arm wischte ich mir die Stirn ab; auch meine älteste Angst hatte sich bei diesem Lauf in der Nacht und im Mondschein verflüchtigt; und der Schmerz schwand mit dem Bellen des Hundes und dem langgezogenen Pfeifen des Zuges, das durch die Luft zu uns drang. Wie ein Junge, der ich nicht mehr war, lauschte ich der Gegenwart des Mondes und der Straße, der Mauern, dem

Pfeifen des Zuges, dem Geheul des Hundes und dem plötzlich ertönenden und wieder verklingenden Zirpen einer Zikade. Nichts ließ ich hinter mir zurück, und selbst die aufgeblasenen Figuren von Cesare und Matilde, die den Anstoß zu meiner Flucht, zu meiner Rettung, gegeben hatten, waren schon ganz weit weg. Dieser Lauf mit der Gefährtin an meiner Seite und die Vorstadt, fern und einsam wie ein anderer Stern, die uns, atemlos und unversehrt, aufnahm, öffneten mein Herz für eine nie gekannte Zärtlichkeit. Olga legte den Kopf an meine Brust, und ein unwillkürliches Schluchzen unterbrach ihr heftiges Atmen. «Meine Mama!» sagte sie, und ihre Worte gingen in Weinen unter. Eine unendlich lange Zeit standen wir so, ich gegen die Mauer gelehnt und Olgas Kopf an meiner Brust. Von weither kam die Erinnerung an unsere erste Vertrautheit an der Mauer in der Via da Verrazzano und verschwommen die Erinnerung an eine andere Mauer am Markt, wo ich Matilde geschlagen hatte, und bei diesen Bildern schien es mir, als hätte ich immer eine Mauer vor mir gehabt und es nie verstanden, sie mit meinen Fäusten einzuschlagen, mit der Kraft, die ich jetzt in mir fühlte. Olga weinte an meiner Brust, und ihr süßer Duft stieg zu mir empor. Dann beruhigte sich ihr Schluchzen allmählich, sie hob das Gesicht und blickte mich lange an, schweigend sahen wir einander in die Augen. Vielleicht waren wir, als wir uns so anschauten, auf der Suche nach etwas, das größer war als wir und über die Zuversicht, die uns aus der Nacht und dem Mond und der weißen, einsamen Straße zufloß, hinausging. Wir begriffen, daß wir keine Kinder mehr waren; etwas an Oberflächlichem und Störrischem in uns erlosch, während sich unsere Glieder langsam von der Anstrengung des Laufens erholten, etwas entfernte uns von denen, an die wir geglaubt und von denen wir, ohne unser Zutun, Leid und Glück erfahren hatten. Mit unseren Blicken boten wir unsere Liebe dar. Wir gingen ohne Zweck und Ziel weiter. Olga erzählte von ihrer Mutter und von sich selbst, vom Vater, der im Krieg gefallen war und von dem Mann, der bei der Mutter ein und aus ging – die ewig gleichen Geschichten armer Menschen. (Wenn ich an meine Mama dachte, fühlte ich endlich keinen Schmerz mehr, Freude erfüllte mein Herz, so als ob ich ein schwer zu haltendes Versprechen erfüllt hätte.) Plötzlich endete die Mauer an einem weiten Feld, und unter uns lag der Arno, der in der Stille und im Mondschein schimmerte. Wir stiegen ein ausgetretenes Treppchen hinunter, am Ufer wuchsen nur Ginster und Gestrüpp; in der Mitte des Flusses, der langsam und unmerklich dahinfloß, zwischen Kiesinseln der vertikale Schatten eines Schwimmbaggers. Wir saßen zwischen dem Ginster und dem Gestrüpp, den Fluß zu unseren Füßen, in der Nacht und im Mondschein, und küßten uns.

(1942)

Nachbemerkung

Als der achtundzwanzigjährige Pratolini 1941 heiratete, schenkte der Florentiner Verleger Vallecchi der jungen Braut ein eigens für sie gebundenes Exemplar des gerade erschienenen ersten Buches ihres Mannes: IL TAPPETO VERDE («Der grüne Teppich») – ein schmales Bändchen mit Prosatexten, entstanden zwischen 1935 und 1940.

Diesem Band, der mit seinem Titel für den hier vorliegenden ersten Teil einer Auswahl von Erzählungen Pratolinis (dem ein zweiter folgen soll) Pate gestanden hat, sind zunächst die unter dem Gruppentitel «Der grüne Teppich» zusammengefaßten sicherlich frühesten Texte des Autors entnommen, also: *1917*, *Prima età* («Frühe Erfahrungen»), *La mano* («Die Hand») und *Il tappeto verde* («Der grüne Teppich»). Der längste Text der Gruppe, *Prima età*, faßt Teile einer (von Pratolini später nicht mehr in ihrer Gesamtheit und unter dem ursprünglichen Titel veröffentlichten) Erzählung *Prima vita di Sapienza* zusammen, die (durch Vermittlung von Elio Vittorini) im

Oktober 1938 in der Zeitschrift «Letteratura» erschienen war und damit als die allererste literarische Veröffentlichung Pratolinis gelten kann.

Den Kern des Bändchens IL TAPPETO VERDE bildete die 1936 geschriebene Erzählung *Una giornata memorabile* («Ein denkwürdiger Tag»), in der Pratolini später selbst den Beginn seiner Schriftstellerlaufbahn sah. Der Satz, mit dem die Geschichte endet – «Was es für mich bedeutet hat, Olga an jenem denkwürdigen Abend am Flußufer zu küssen, wieviel Schönes ich mit ihr erlebt und wieviel ich um sie gelitten habe, das erzähle ich ein anderes Mal» – ging ursprünglich noch weiter: «wenn ich Schriftsteller geworden bin». Doch dieser Zusatz wurde vom Verleger in den Korrekturfahnen mit der Bemerkung gestrichen: «Aber das bist du doch schon.»

1942 erschien die lange Erzählung *Via de' Magazzini*, wiederum bei Vallecchi in Florenz. Pratolini kehrt in ihr noch einmal in die frühe Kindheit zurück und schlägt den Bogen bis zur Schwelle des Erwachsenseins, zur endgültigen Befreiung.

Wann die Texte *Una conchiglia per sentirci il mare* («Eine Muschel, das Meer darin zu hören»), *Il quarto di latte* («Der Viertelliter Milch») und *Lo sgombero* («Der Umzug»), zusammengefaßt unter der Überschrift *Memorie dell' adolescenza* («Erinnerungen ans Heranwachsen») entstanden sind, ließ sich leider nicht genau ermitteln, wahrscheinlich aber auch vor 1946. Sie erschienen erstmals im DIARIO SENTIMENTALE, in dem der

Verlag Mondadori 1956 die meisten Erzählungen Pratolinis versammelte. Von den in unserer Auswahl übersetzten sind alle bis auf die unter dem Gruppentitel «Der grüne Teppich» zusammengefaßten ebenfalls in jenem Band enthalten.

Die vorliegende Sammlung hat zum Ziel, nicht nur die Anfänge der schriftstellerischen Entwicklung Pratolinis zu dokumentieren, sondern auch die mit so großer Poesie gezeichnete Geschichte des Lebens, der Leiden und der bescheidenen Freuden eines Kindes zu zeigen, das, ob es nun Enrico oder Valerio genannt wird, im Grunde – bei aller literarischen Distanz und dichterischen Freiheit – immer Vasco Pratolini heißt.

R.M.G.

INHALT

VASCO PRATOLINI

«Der große Chronist des Lebens der kleinen Leute.»
(Süddeutsche Zeitung)

«Der grüne Teppich»

Erzählungen, 240 S., Leinen, DM 29,80
Aus dem Italienischen von Linde Birk, Dorothea Detring und Veronika Knecht
ISBN 3-924175-79-9

«Chronik einer Familie»

Roman, 180 S., Leinen, DM 29,80
Aus dem Italienischen von Charlotte Birnbaum
ISBN 3-924175-43-8

«Das Quartier»

Roman, 233 S., Leinen, DM 29,80
Aus dem Italienischen von Egon Wiszniewsky und E.-A. Nicklas
ISBN 3-924175-49-7

«Chronik armer Liebesleute»

Roman, 445 S., Leinen, DM 42,–
Aus dem Italienischen von Werner Jakob Buerkle
ISBN 3-924175-56-X

«Die Mädchen von Sanfrediano»

Roman, 183 S., Leinen, DM 29,80
Aus dem Italienischen von Heinz Riedt
ISBN 3-924175-64-0

Giuseppe Fava: «Ehrenwerte Leute»

Roman. 319 S., gebunden, DM 34,–
Aus dem Italienischen von Peter O. Chotjewitz
ISBN: 3-924175-65-9

«Ehrenwerte Leute» ist ein Mafia-Schlüsselroman, ein Kriminalroman ohne Täter, ohne Kommissar, ohne die beruhigende Aufklärung der Morde, ein Roman um eine junge Frau, für die ein sizilianisches Bergdorf zum Alptraum wird.

Der sizilianische Journalist Giuseppe Fava hat dieses Buch im Jahre 1975 geschrieben. Heute, da sein Autor das Opfer eines Mordes geworden ist, der mafiose Züge trägt, kommt ihm der Rang eines menschlichen und mutigen Zeugnisses zu, das die nur literarische Bedeutung des Romans noch übersteigt.

<u>Goffredo Parise: «Der schöne Priester»</u>

Roman. 278 S., Pb., DM 29,80
Aus dem Italienischen von Hellmut Ludwig
mit einem Nachwort von Vicenzo Orlando
ISBN: 3-924175-33-0
2. Auflage

«Parise beschreibt eine Kleine-Leute-Welt mit liebevollem Sarkasmus und in hinreißenden Bildern — ein Roman des anderen Italien, der zu lesen eine lohnende Entdeckung ist.»
(Lerke von Saalfeld, Südfunk 3)

Und in der Tat: das faschistische Italien unter Mussolini stellt sich dar als skurriles Theater, in dem sich die beiden Jungen Sergio und Cena weniger um die politischen Ereignisse kümmern, der schöne Priester weniger seine pastoralen Pflichten erfüllt, die Damen der besseren Gesellschaft bei diesem weniger Seelentrost suchen und der glühende Anhänger des Duce samt Klo in die Tiefe stürzt.